新婚貴族、純愛で最強です

あずみ朔也

JN250283

GA文庫

カバー・口絵・本文イラスト

へいろー

序章　縁談は突然に

この世界では、結婚すれば誰《だれ》でも恩恵が得られる。

ホーリーギフトと呼ばれるこの恩恵は、病めるときも健やかなるときも、夫婦となった男女の婚姻が続く限り永続する。

得られるギフトは個人によって違い、結婚するまでその効果は分からないが、効果の内容を左右する最大の要因は血筋であると言われている。

さらに、強いギフトを持った夫婦の子は先天的に優れた身体能力や魔力を有する。

となれば、優れた者同士での婚姻が推奨されるのは当然の成り行きだ。家柄と血筋が重視され、自然と理想的な交配を目的とした政略結婚が横行する。やがて彼らは貴族と呼ばれるようになり、強いギフトを持たない一般大衆を統治する特権階級となっていった。

王国の片田舎に領地を持つファゴット家も、そうした由緒正しき貴族の家系である。

なのに――

「婚約破棄……？」

長男アルフォンス、十六歳。ファゴット家の嫡男《ちゃくなん》であり、ようやく結婚できる年齢になっ

Shinkon kizoku
junai de
saikyou desu

たばかりの少年だ。

彼は婚約者の家から送られてきた書面をこの世の終わりのような表情で見つめていた。

『貴殿との婚約は解消させていただきます』

文面には端的にそう記されている。

伯爵家のご令嬢である婚約者との結婚を前提とした交際、その終焉《しゅうえん》を意味する一文だ。

「どうして……」

真《ま》っ青《さお》な顔でアルフォンスが呟《つぶや》いた。

ギフトの存在があまりに大きいため、この世界で婚姻制度は最も重要視されている。

貴族たちの頂点、最も優れたギフトを有する王族でさえ、結婚は何人も侵すことの出来ない絶対の契約であると認めているくらいだ。

なので貴族の出でありながら婚約破棄の憂《う》き目にあうのは末代までの恥と言える。

もともと家同士が決めた婚約だ。向こうの家がアルフォンスを認めないという判断を下した以上、どうすることも出来ない。

だが、なぜアルフォンスは伯爵家から不適格の烙印《らくいん》を押されたのか。

「理由は絶対、姉さんたちしか考えられない！」

アルフォンスは手紙を持って屋敷の自室を飛び出し、姉たちの部屋へと赴《おもむ》いた。

彼には、三歳ほど歳《とし》の離れた双子の姉がいる。

姉たちは家柄も血筋も申し分なく、ともに絶世の美女。あまりの才色兼備ぶりに幼い頃から婚約の申し込みが絶えず殺到していた。

名門貴族だけでなく王族からも求婚があったほどで、嫁ぎ先は選り取り見取り。

しかし、結婚してから大問題が発覚した。

問題は彼女らのホーリーギフトにあったのだ。

上の姉であるシルファ・ファゴットのギフトは**『略奪』**。

夫婦となった伴侶の先天的な身体能力や魔力、体術や剣術や魔術といった後天的な技術、さらには結婚することで得られるギフトすら奪うというものだったのだ。

おまけに一度奪った能力は、離婚した後も永続的に彼女に所有権があった。

長女はその事実を知るや否や、己《おのれ》のギフトの噂が貴族の社交界に広がる前に、ひと月のうちに三度の結婚と離婚を繰り返し、三つの名門貴族の一族から強大な力の数々を奪い去った。

名門貴族ほど自身の家の能力やギフトを誇りにしている。それを掠《かす》め取ったファゴット家の長女が毒婦と呼ばれ蛇蝎《だかつ》の如《ごと》く忌《い》み嫌われるのは当然だった。

下の姉、ベルファ・ファゴットも負けてはいない。

彼女のギフトは**『死がふたりを別つとも』**。

伴侶と死別した場合、やはりその能力とギフトが永続的に彼女のものとなる恩恵だ。

長女に比べればまだ可愛《かわい》げがあるが、次女の場合、嫁ぎ先が良くなかった。

王国の第六王子と結婚していたのである。

もともと病弱だった第六王子は婚姻後ほどなくして息を引き取ったのだが、死んだことで王家に代々伝わる門外不出の能力が、未亡人となった次女のものとなってしまった。

そうして、やはり次女も王侯貴族から魔女と蔑《さげす》まれ蛇蝎の如く忌み嫌われた。

一度ならまだしも、二度続けばファゴット家そのものが嫌われるのも当然の流れだろう。

そう——ファゴット家は今や没落貴族なのである。

その余波が長男であるアルフォンスにまで飛び火したのだ。

「姉さんたちのせいで、おれが婚約破棄される羽目になったじゃないか！」

アルフォンスは嗚咽《おえつ》交じりの罵声とともに姉たちのいる部屋へと飛び込んだ。

一度は嫁いで出て行った姉たちだが、ギフトにまつわる不祥事のせいで嫁ぎ先での居場所を完全に失い、今はファゴット家に出戻りしている。

「あーあ、可哀想《かわいそう》なアルくん。こんなにカッコイイのにフラれちゃうなんて、みんな見る目がないよね。お姉ちゃんがよしよししてあげようか？」

双子の姉の片方、長女シルファ。憤る弟とは対照的に、彼女は天真爛漫とさえ言える柔らかな微笑を口元に浮かべ、おっとりと首を傾げて弟を出迎えた。

「哀れなアルフォンス」

もう一方の姉、次女ベルファ。

「まさか婚約者に見切りをつけられるとはな。ファゴット家の恥と罵《ののし》ってやりたいところだが、愚弟の嘆きが分からぬ姉ではない。こちらへ来い、慰めてやろう」

彼女は凛々《りり》しい面持ちに憐憫の情を浮かべ、弟を見つめた。

二人の姉たちはちょうどティータイムだったようで、のん気にティーセットを広げ、ファゴット領の名物である柑橘の実を使ったオレンジティーを飲みながらお菓子を食べている。

ともに輝かんばかりの真紅の長い髪。毛先を緩いウェーブヘアにしているのがシルファで、ストレートヘアにしているのがベルファだ。

目も覚める真っ赤な瞳《ひとみ》が映える面立ちも、ほとんど瓜二つ。若干シルファが垂れ目気味で、ベルファが切れ長の瞳、という違いしかない。

もっとも、弟であるアルフォンスからすれば、髪型や瞳を確認せずとも雰囲気でどちらがどちらか簡単に判別できる。

シルファは柔らかな物腰に似合わず恐ろしく、彼女が可憐に首を傾げている姿は、アルフォンスからすれば鎌首をもたげた蛇にしか見えない。凛々しいベルファも威圧的な言動に違わず蠍《さそり》のように危険で、眼差《まなざ》しは尾針のように鋭い。

見た目だけならすこぶる美人だが、ともに常人離れしたギフトの持ち主で、二人揃《そろ》って蛇蝎のような魔性の姉たちなのだ。

「どうしたのアルくん。お茶が冷めちゃうよ～？」

「そうだぞアルフォンス。遠慮などせず姉のもとへ来るがいい」

アルフォンスは怒鳴り込んだ手前、同席を一瞬ためらったが、十六年にわたる姉たちの教育により彼女らには逆らえない体質となっている。

姉たちに誘われるまま、渋々お茶会に参加した。

美人で知られる姉たちに似ず、アルフォンスの髪は真紅には程遠い橙色で、目鼻立ちも貴族としては華やかさに欠けている。まだどこか幼さが残る分、親しみやすさや愛嬌はあるのだが、美形と呼称するのはおこがましさが勝るだろう。

当然、幼少期からヒエラルキーは圧倒的に姉たちに軍配が上がっている。彼女らの出戻り後も力関係は変わらず、アルフォンスが未婚者という事実がさらなる拍車をかけている。

ギフトの有無は社会的地位だけでなく戦闘力にも直結し、早い話が、既婚者でなければ一人前としては見てもらえない社会構造なのだ。

「慰められた程度じゃ今のおれの悲しみは癒《いや》されたりしないんだからな！　姉さんたちはいつもそうだ！　甘やかせばおれが喜ぶと思っているんだろうけど、今回ばかりはちょっとやそっとじゃ立ち直れないぞ！」

とてつもなく情けないことを叫ぶアルフォンス。

だが、そんな弟の醜態も気にせず、姉たちは余裕の笑みを見せている。アルフォンスの経験上、こういうときは決まって彼女らはよからぬことを企《たくら》んでいるのが常だ。

「そう言うなアルフォンス。だいじょうぶだ、我々に任せておけ」

「それってどういう……」

戸惑うアルフォンスに対し、ベルファが唇の端を吊り上げる。

「なに、我々がお前の新しい花嫁を選んでやろうと思ってな」

「……は？　社交界を出禁になるレベルの不祥事を仕出かした姉さんたちが、おれの新しいお嫁さんを見つけてくれるって？　冗談も大概にして欲しいんだけど？」

とんでもないことを口走るベルファに対し、アルフォンスは真顔になってしまった。

「アルくんたら酷《ひど》い！　お姉ちゃんたちが再婚しないのは、別に新しい旦那様が見つからないからじゃないよ！　独り残されるアルくんが寂《さび》しがらないようにずっーと一緒に居てあげたいだけなの！」

「いや再婚相手の候補がいるなら連れて来てみなよ。絶対無理でしょ」

子どものように唇を尖《とが》らせて不貞腐れるシルファに対して、思わず姉を姉とも思わぬ暴言を吐くアルフォンス。

そんな弟を窘《たしな》めるかのようにベルファが目を尖らせる。

「黙れ。姉の再婚相手のことなど弟が気にすることではない。今はファゴット家をいずれ背負って立たねばならないお前の縁談のほうが大事だろう」

「そうそう。実はお姉ちゃんたち、こんなこともあろうかとアルくんのお嫁さん候補を見繕っておいてあげたんだよ？」

対照的に、シルファは上機嫌にほほえんでいた。

「用意が良すぎる……」

アルフォンスは自分の婚約破棄を今しがた知ったばかりだというのに、二人の姉たちはすでにその情報を摑《つか》んでいたらしい。

「姉のイチオシはこの令嬢だ」

戸惑うアルフォンスに対し、ベルファは自信満々にお見合い用の肖像画を取り出した。

結婚こそが貴族社会の最重要事項であるこの世界において、貴族の令息や令嬢の風貌を忠実に写実する肖像画技術は驚くほど進んでいる。

ベルファの取り出したお見合い肖像画も、一級の絵師の作品なのだろう。紛れもなく力作で、息遣いさえリアルに感じられるほど見事な絵姿が描かれていた。

が、ひとつ難点を挙げるなら、描かれているのは令嬢ではなく筋骨隆々のオークだった。

「どうだ？　きっと強い子を産んでくれるぞ」

「どう見てもオークじゃないか！」

「花嫁候補の中では最も攻撃力と防御力、そして生命力が高かった。生まれも申し分なく資産も領地も潤沢な家の出だ。うむ、魔力と知力が著しく低いことくらいしか欠点がない」

肖像画の裏に記されたステイタス――ギフトの恩恵を代々受け継ぐ貴族たちの間ではお見

合いのために能力を数値化するのが慣例である――を満足げに眺めながらベルファは言った。

「ベルファったら全然だめ！　アルくんの好みがまるで分かってない！　ステイタスの高さよりアルくんの好きな女の子のタイプを優先してあげなきゃ！」

「なんだシルファ。私のイチオシ令嬢に不満でもあるというのか」

「もちろんあるよ！　アルくんは女の子の意外なギャップに弱いんだから！　見た目は脳筋、中身も脳筋じゃアルくんの好みに合わないよ！　その点、お姉ちゃんが選んだお嫁さん候補の趣味は庭園のお世話なの！　こう見えてお淑《しと》やかさんなんだよ？」

弟の不満を代弁するかのように、シルファは新たな肖像画を取り出した。しかしそこに描かれていたのはまたしても筋肉の塊の如きオークの姿だった。

「確かにギャップには弱いけど、それ以前の問題！」

「ふむ、見た目に違わずステイタスも中々だな。私の選んだ令嬢と比べれば攻撃力が若干落ちるが、知力と魔力が平均値に届いている。これは悩みどころだな」

「もっと他のことで悩んで！　姉さんたちはこいつらが義妹になってもいいのかよ！」

二枚の肖像画を指差し、耐えきれなくなったアルフォンスが吠えた。

「ええっ？　両方とも娶《めと》るつもりなの？」

「さすがはファゴット家の嫡男だ。男としての度量が違う」

「戦わせて勝ったほうを正妻にしよっか？」

そんな姉たちの反応を前に、アルフォンスは頭を抱えるしかない。

「絶対ワザとやってるよね⁉」

「ぶー。婚約破棄されて落ち込んでるアルくんを和ませてあげようと思っただけなのに」

「そうだぞアルフォンス。可愛い可愛い弟にオークを嫁がせるわけがないだろう。ちょっとしたお茶目な冗談というやつだ」

肖像画をあっさり仕舞い、まるで悪びれた様子もなく姉たちは言った。

だが、アルフォンスの驚愕《きょうがく》はまだ終わっていなかった。

「——しかしまあ、我々の選んだ花嫁が仮にどのような少女であったとしても、男らしく受け止める心構えだけはしておけ」

「……え？」

「確かにこのオークの絵はお前の心構えのために準備したものだが、お前の新しい花嫁を決めたという話は本当だ。なに、最高の花嫁を選んだから安心するがいい」

「いやこの流れでその言葉を信じるのは不可能だよ！」

幼い頃から姉たちの悪ふざけに振り回されるのは慣れっこだ。だからこそアルフォンスは、新たな花嫁を選んでくれるという話も、そうした悪ふざけの一環だと思っていた。

それが間違いだったと知るのは、僅か数日後のことであった。

第一章　花嫁は一人がいい

Shinkon kizoku junai de saikyou desu

あれから数日。

縁談はあっという間に決まってしまった。

もちろんアルフォンス自身の意見や希望は一切《いっさい》無視され、二人の姉たちが花嫁から結婚式の日取りまで全《すべ》て取り決めた。

もっとも、忌《い》み嫌われたファゴット家の結婚式になど誰《だれ》も出席してくれるはずもなく、諸事情により両親や祖父も参加できないため、姉たちと使用人だけの寂《さび》しいものとなる予定だが。

花嫁側の家からも出席者はいないと聞いている。

嫌われ者のファゴット家に嫁ぐくらいだから、もしかしたら花嫁も脛《すね》に傷を持つ身なのかもしれない。

かもしれないというのは、結局アルフォンスは自分が誰と結婚するのかさえ知らされていないままなのだ。

顔も名前も歳《とし》も知らない。

本当に人間なのかどうかも怪しいくらいだ。

ちなみに、きょうがその結婚式当日である。

姉たちのあまりの手際の良さに舌を巻きつつも、未《いま》だアルフォンスは自分の心の整理すらつけられていなかった。

「まあ、婚約破棄された没落貴族のバカ息子と結婚してくれるって女の子がいただけでも奇跡みたいなものなのは分かるよ。分かるけどさ、せめて人間の女の子がいい……」

心構えのために用意されたオークの肖像画はアルフォンスにとって相当な劇薬だったらしく、まだ見ぬ妻を迎える不安に苛《さいな》まれ、彼はほろほろと涙をこぼしていた。

そのときだ。

「あの、ごめんくださいませ」

木窓の外から微《かす》かに声が届いた。

突然のことに、アルフォンスの視線が思わず釣られる。

戸締りをしっかりしていなかったのだろう、風で半開きになっていた木窓の隙間《すきま》に、一人の少女の姿があった。

「よろしければ、開けていただけますか？」

木窓の僅かな隙間から小さく顔を覗《のぞ》かせ、またも少女が言った。

ここはファゴット家の屋敷の一階、結婚式で新郎新婦の控室として使用する予定の部屋だ。中央には結婚式の主役とも言えるウェディングドレスが着用者不在のまま吊るされている。

窓の外に使用人の誰かがいても、おかしい話ではない。

が、アルフォンスに見覚えはない。完全に見知らぬ少女だった。

没落したとはいえファゴット家は貴族の一門。たとえ相手が同じ貴族であったとしても、無関係な人間を無許可で敷地に入れたりはしない。

「その、申し訳ございません……開けていただけると助かるのですが」

アルフォンスは木窓を恐る恐る開き、外の少女を観察しようとして——屋敷の中に入れて良いものかどうか逡巡していたわけだが——すぐにも目を奪われた。

可憐で気品のある面持ちの、美しい少女だった。

見惚《みほ》れるような黒髪を長く伸ばしており、前髪も長く、左側の瞳《ひとみ》を覆《おお》い隠しているほどだ。もう片側の前髪は、側頭部の髪とともに、瞳の色と同じヴァイオレットブルーのリボンで軽く結い上げている。

そしてアルフォンスの視線は顔から下へ。

というか胸元《むなもと》へ。

上着を明らかに大きく押し上げているのは、その下に隠れた少女の豊かなふくらみだった。

歳の頃は十七かそこらだろうか、アルフォンスより少し年上といった印象を受ける。

だというのに童顔で、そのくせ見事な胸をお持ちだ。

気づけばアルフォンスは無意識のうちに窓を完全に開け、自ら身を乗り出していた。

「あ……流れ星の――」

アルフォンスの顔を目にするや否や、少女は何事か呟《つぶや》こうとした。

だが彼女が呟きを言い終える前に、アルフォンスが口を開く。

「そのリボン、似合ってるね」

手を差し伸べながら、アルフォンスはまず少女のリボンを褒めた。

「ふ、ふぇ、あ、その、ありがとうございます……」

少女は顔を真《ま》っ赤《か》にしながら、その手を取った。

――アルフォンス・ファゴットは、幼い頃から二人の姉たちに英才教育を施されている。

武術や勉学の類ではない。英才教育の中身は、ひとえに女の子を褒める術だ。

物心ついた時点で異性との付き合い方を徹底的に躾けられ、身近な姉たち相手に仕込まれてきた。もちろん、失言やミスがあればその都度お仕置きされてきた。

真っ先にリボンを褒めたのも、そうした教育の為《な》せる技だ。

もちろんアルフォンスとしては、彼女の可憐な美少女ぶりや、上着に隠された豊満な胸元を褒めたい気持ちはあった。

しかし、初対面の女性を前にそれらを褒めることはしない。

たとえ称賛であったとしても、そんなことをしたら姉の鉄拳が飛んでくることをアルフォンスは身に染みて理解している。

だからこそ、小物を褒める。

厳密に言えば、小物を選ぶセンスを褒める。

アルフォンスは窓越しに少女の手を取ったまま、不作法であったが彼女の体を窓から室内へと招き入れた。

ここで初めてアルフォンスは少女の服装を目にしたわけだが、野暮《やぼ》ったいというのが素直な感想だった。農民の野良着も同然の格好で、せっかくの恵まれた風貌が台無しだ。

当然、貴族はファッションにおいても常に流行の最先端を求められる。

それは社交界を出禁になったファゴット家においても変わらない。二人の姉たちも見せる相手は弟だけだと言うのに日々オシャレには拘《こだわ》っているくらいだ。

アルフォンスにだって今の服装が少女にまるで似合ってないことくらいひと目で分かる。

「随分と動きやすそうな格好だよね。君は何を着ていても様になる」

しかし、年頃の少女を前に君の格好は野暮だの服装が似合っていないだのと言ったセリフは当然禁句だ。口にすればすぐにでも姉たちの鉄拳制裁が飛んでくる。くどいようだがアルフォンスはそんな幼少期を過ごしてきた。

服に限らず小物もそうだが、似合っていればそれらを褒める。

似合っていなければ、服や小物を無視し、相手を褒める。

否定で始まるネガティブ発言はどんな状況であっても女の子相手には口にしない。それが姉たちから教わった異性との接し方だ。

たとえば帽子が似合っているときは、

『その帽子は素敵だね』

と褒める。

そして帽子が似合っていないときは、

『君のうなじは素敵だね』

と褒める。

姉たちの徹底した教育の賜物だ。アルフォンスは姉らの博愛精神あふれるお仕置きを受けた回数分、異性との付き合い方を学び、賢くなったのだ。

「そ、そうでしょうか？　自分で言うのもなんですが、咄嗟《とっさ》にその場にあった作業着に着替えただけですので、おかしな格好ではないですか……？」

自分の服装を恥ずかしげに見下ろしながら、少女は言った。彼女の言うとおり、貴族の家に出入りする格好ではない。

「君がそう思うなら代わりの服を用意しよう。単に、動きやすそうで良いなと思っただけだから。そもそも、君なら何を着ても様になると思ったのは本音だしさ」

アルフォンスは悪びれずにそう返した。そもそも最初から嘘《うそ》は言っていない。

異性と話す際に嘘はつくなときつく躾けられている。

昔、姉たちに嘘をついたことがあったがすぐに見破られ、彼女らの弟として生まれてきたことを心底後悔したことがある。最早トラウマだ。

だが、少女が自分から己《おのれ》の服装に疑問を持っていたのは僥倖《ぎょうこう》だ。アルフォンスもどうせなら彼女にはもっと素敵な格好をさせてあげたいと思っていたところだ。

「ところで、代わりの服を用意すると言った手前で申し訳ないけれど、君はそもそもどなた？　なんでまた屋敷の玄関じゃなく窓から――」

言いかけて、セリフの途中でアルフォンスは口をつぐんだ。

急に少女がこちらを覗き込んできたからだ。

ドキッとするアルフォンスを尻目《しりめ》に、彼女は言う。

「そのブローチ、かっこいいですね」

少女の視線は、アルフォンスの胸元へと注《そそ》がれていた。

「パッと見、竜かと思ったんですが……」

「いや、これは竜じゃなくて実は、趣味が悪いと思うかもしれないけど、蛇と蠍《さそり》なんだ」

翼を広げた竜に見えなくもないが、近づいて細やかな造形を目にすれば、少女にもそのブローチが赤い蛇と鋏《はさみ》を大きく広げた蠍を模した物だと分かっただろう。

アルフォンスには調金細工の趣味がある。

昔からともに育ってきた姉たちが嫁いだとき、もう二人と一緒に暮らせる日は来ないのだと思ったアルフォンスが、こっそり自作したものだ。

当時、賑やかさを失った屋敷での暮らしに寂寥《せきりょう》感を抱くくらいにはアルフォンスはシスコンだった。愛し方こそ偏っているが姉たちも間違いなく弟を溺愛している。

だからこそアルフォンスは、嫁いで家を出て行った家族への寂しい気持ちを紛らわせるために、以前から抱いていた姉たちのイメージを意匠《いしょう》にしてブローチを作った。

まあ、姉たちは程無くしてまったく悪びれずに出戻りしてきたわけだが。

「貴族なら守護竜を象《かたど》ったブローチにすべきだったんだろうけど、その、どうせなら竜より家族を象徴するような物を作りたいかなって……」

「ご自分で作られたんですか？　すごいです！　それに家族の象徴だなんて、素敵ですね」

そう褒められて、今度はアルフォンスが頰《ほお》を赤く染めて照れてしまう。

先ほど自分が使った手口をそっくりそのまま反撃に用いられた形になり、その不意打ち気味の一撃に、不覚にもアルフォンスのほうが胸を高鳴らせてしまったのだ。

もちろん少女は自覚無しの天然だろう。

が、だからこそその破壊力があった。

「きゅん……」

姉たちの躾により異性を褒めるテクニックを培っているアルフォンスだが、自分が褒められる側となると、途端に経験がない。

　家柄や血筋を褒められるより、自分のセンスや家族への気持ちを褒められるほうが何倍も嬉《うれ》しかった。

「え、えっと、こういうので良ければ君にも作ってあげるよ！　もちろん時間は多少かかるけど、それこそ守護竜の意匠とかでも用意できるから！」

　言って、アルフォンスは赤くなった顔を少女から隠すようにあさってのほうへ顔を向けた。

　そこにはちょうど、吊るされていたウェディングドレスがあった。ドレスのヴェールにも、守護竜の意匠が施されており、偶然それが目に入っていたのだ。


　――この世界では、人間は一切の神を信仰していない。

　遥か昔には架空の神々を信じる宗教というものが存在していた。

　だが、人間が神を信仰することを決して許さなかった種族がいたのだ。

　それがドラゴン。

　巨大な体軀《たいく》、鋼鉄をも超える強靭な鱗《うろこ》、どんな剣さえ敵《かな》わない鋭い牙《きば》と爪《つめ》、そして人間など足元にも及ばない知恵と魔力を具《そな》えたモンスターの王だ。

『我らを差し置いて、二足の神などいるものか』

四足の竜たちは、人類が思い描いた世界の創造神の姿が二足歩行であることに激しく怒り、神々を信仰する人々を虐殺した。

ドラゴンという呼び名は、当時の信仰で神の敵として考えられていた悪魔を意味する名だ。

絶滅の淵に立たされた人類にとって、ドラゴンはまさに悪魔以外の何者でもなかった。

しかし、ここに救世主が現れる。

無論、神などではない。人類に味方するドラゴンが一匹いたのだ。

その名をエイギュイユという。

伝承では、闇《やみ》より暗く夜より深い鱗を持つ黒竜であったと記されている。

人間たちは古くからそのドラゴンのことを『美食竜』と呼んで敬っていた。

エイギュイユは竜族の中で最も強かったわけではないが、最も食通であった。ドラゴンたちによる虐殺が始まる前から、人間たちと交流し、彼らの作る料理を捧げ物として受け取る代わりに彼らを守り、共存共栄の関係を築いていたのだ。

そしてドラゴンたちが人類に牙を剝《む》いたとき、エイギュイユはあろうことか人類に味方してドラゴンたちに牙を剝いた。

別にエイギュイユは心の底から人間たちを守りたかったわけではないし、同族である竜を敵視していたわけでもない。

『この世で最も美味なる食材は、竜の心臓なのだよ』

それこそが暴挙の理由であった。

――悪食《あくじき》のエイギュイユ。

同族からそう呼ばれ、その浅ましさは猛禽にも劣ると忌み嫌われた一匹の邪竜《じゃりゅう》は、血の滴る竜の心臓を貪るためだけに、人類と協力して同族たちと敵対した。

その際にエイギュイユが人類に与えたのが、悪魔の呪法、今では魔法と呼ばれるものだ。

ホーリーギフトもそのひとつ。

人類がエイギュイユから授けられた聖婚《せいこん》の魔法であった。

その力を人類に与えて自らの軍勢とし、エイギュイユは全てのドラゴンを狩り尽くし、食い尽くし、人類を存亡の危機から救った。そして守護竜と呼ばれるようになったのだ。

ゆえに、平和を取り戻した今の世界では、人々は神ではなくエイギュイユを信仰の対象としている。エイギュイユ自身は同族が全て滅んだ後、この世に残った最後の一匹――つまり自分の心臓を喰《く》らうべく竜としての体を捨てて人間に転生し、その悪食の一生を終えた。

「この国の王族は、千年前に人間に転生したエイギュイユの子孫なんだ。そしてギフトとは別に王族だけが竜の血の力――ドラゴンブラッドと呼ばれる能力を持っている。おれたち貴族が王の血脈を崇めているのもそれが理由さ。だからこうして、ドレスの意匠に守護竜の姿を用いたりしているんだ」

少女がドレスに見惚れていたので、アルフォンスは興が乗って由縁を語った。

夫婦の契りを結びさえすれば万民《ばんみん》に宿るホーリーギフトと違い、ドラゴンブラッドは王族にしか発現しない。それも、生まれついての先天的な能力だ。

王侯貴族の間では当然の教養だが、農民では知らぬ者も多いだろうという配慮だ。何せ少女は器量こそ素晴らしいが、野良着同然の格好から察するに、おそらくファゴット領の農家の出ではないかと、そうアルフォンスは推察していた。

「綺麗《きれい》……」

だが、少女はアルフォンスの言葉など耳に入っていない様子で、ウェディングドレスを見つめ続けていた。

「あはは、まるで聞こえちゃいないや……」

アルフォンスは苦笑を浮かべながらも、真剣な面持ちでドレスに見入っている少女の横顔から目が離せないでいた。

この感覚を一目惚《ひとめぼ》れと呼ぶのかは分からないが、姉たちが選んだ相手と結婚するくらいなら目の前の少女と駆け落ちしたい。アルフォンスはそんな気持ちになっていた。

「――良かったら、それ着てみる？」

名前も知らない少女にそんな馬鹿《ばか》げた呟きを投げかけてしまったのは、半ば無意識によるものだった。

「え？　いいんですか？」

「むしろおれが着て欲しい」

名前を訊《たず》ねる前に花嫁衣裳を着せるなんて自分でもどうかしている——アルフォンスの理性はそう訴えかけていたが、止められなかった。ときめきの前に理性は無力であった。

結婚してイチャイチャして子どもをいっしょに育てて幸せな家庭を築くなら、相手は勝手に決められた花嫁より、自分で惚れて自分で選んだ花嫁のほうが良い。

とはいえ、相手は出会ったばかりの少女である。

ましてや、名前も性格も出自もまるで知らないまま。

婚姻を重要視すべき貴族としては、絶対にあり得ない相手だ。

しかしそれでも、アルフォンスは自らの暴挙を止められなかった。

千年前、エイギュイユが己の貪欲な食い意地に負け、人類に味方してドラゴンたちに叛逆《はんぎゃく》するという無謀な戦いを選んだように。

今まさにアルフォンスもまた、貴族社会において最も重要視されている婚姻のしがらみなど放り捨てて、目の前の少女を選んだのだ。

「来てくれ！　使用人のみんな！　彼女にドレスを着せてあげて欲しい！」

アルフォンスは部屋の外にいた数名のメイドたちを呼び寄せ、少女の着替えを手伝うように命じた。

「あ、あのっ！　でもあのっ！」

「遠慮しないでくれ！　おれは外で着替えが終わるのを待っているから！」

突然のことに少女は狼狽《ろうばい》していたが、アルフォンスはもう止まれない。

控室から退出し、部屋の中から漏《も》れ出す衣擦《きぬず》れの音に耳を澄ます。

そこでようやく「早まったか？」「もう取り返しはつかないんじゃないか？」という感情が、落ち着きを取り戻したアルフォンスの脳裏に湧《わ》き上がってくる。

「直感を疑うな！　一目惚れを信じろ！」

高揚と後悔を同時に感じながら、アルフォンスは頭の中で少女のドレス姿を妄想し、芽生えそうになっていた不安を強く追い払う。幸い、ドレスへの着替えには時間がかかるため、不安を消し飛ばすだけの妄想力を高める時間はたっぷりあった。

やがて、衣擦れの音が止《や》んでしばらくし、室内のメイドの「どうぞ」という言葉が聞こえてきた。すでに脳内で花嫁を迎える準備を万全の構えで整えていたアルフォンスは、扉を開いて控室へと戻る。

目に飛び込んできたのは、想像を遥かに凌ぐほどに美しい、花嫁の姿。

かつて姉たちの結婚式に出席したとき、彼女たちのウェディングドレス姿にも見惚れたが、今アルフォンスの抱いている感動はそれ以上のパワーに満ちていた。

「――綺麗だよ」

息を呑《の》みながら、アルフォンスは陳腐な言葉を吐き出すのが精一杯だった。

「ドレスがですか？」

「――いや、君が。君が綺麗なんだ」

嘘偽りない率直な感想が口を突いて出た。

異性の服装が似合っているときは本人ではなく服を褒めるのが常套手段だとあれだけ学んだはずなのに、今この瞬間、アルフォンスはどうしても少女への称賛を口にせざるを得なかった。

どうしようもなく抑えられなかったのだ。

「君の名前を、教えて欲しい」

「あ。そういえば、まだ名乗っていませんでした」

恥ずかしそうにうっすらと頬を染め、彼女は言う。

「フレーチカです。フレーチカ・エイギュ……いいえ、もうただのフレーチカです」

「フレーチカ、さん」

心の中でアルフォンスは唱える。

フレーチカ・ファゴット。

「よし、なんだかしっくり来るぞ。完璧《かんぺき》だ。絶対に上手《うま》くいく」

「え？　な、何がですか？」

戸惑うフレーチカの手を握り、アルフォンスは花嫁を控室から連れ出した。

普通の駆け落ちならここで人知れず家を飛び出すのが常だが、彼にそんな度胸はなかった。向かった先は玄関ではなく結婚式場として用意された屋敷の中庭である。

姉たちに無断で家を飛び出すのではなく、姉たちに許可を取ってフレーチカとの結婚を認めてもらうつもりなのだ。

が、二人の姉からしてみたら、とても呑める提案ではないだろう。

なにせ向こうは出禁にされている貴族社会になんとか渡りをつけ、弟の花嫁をわざわざ選んでくれたのだ。その縁談を結婚式当日に反故《ほご》にしようなど、愚行もいいところだ。

「姉さんたち！　おれの話を聞いてくれ！」

中庭で使用人たちを引き連れて式の最終準備を済ませていたシルファとベルファを見つけ、アルフォンスは声を張り上げた。

愚行であることはアルフォンスも承知している。

だから彼は先手を打って、姉たちに向かって駆け出しながら大きく地を蹴《け》って宙を跳び、空中から額で大地を砕くかのような勢いで土下座した。

「おれとフレーチカさんの結婚を認めて欲しい！」

突然の土下座に、シルファもベルファも、周囲の使用人たちも、そしてアルフォンスに連れられてきた当のフレーチカも、度肝を抜かれた様子で目を丸くしている。

そして――

「なんだ、もう着いていたのか。ドレス姿が似合っているぞフレーチカ。お前のために誂《あつら》えたものだから当然だがな」

「あ、ありがとうございます、ベルファさん」

「他人行儀はよせ。これからはまた家族だ。気兼ねなく姉と呼んでくれ」

「初めましてフレーチカちゃん！　私はシルファ、ベルファから聞いているとは思うけど、双子の姉なの。私のことも親しみを込めてお姉ちゃんって呼んでくれていいからね」

「は、はい。そ、その、シルファ姉さま……」

「きゃー照れちゃって可愛い！　遠慮して姉さまなんて呼ばずにお姉ちゃんでいいんだよ？　こんな可愛いお嫁さんを迎えられるなんてアルくんは幸せ者だね！」

　土下座したままのアルフォンスのことなど無視して、シルファとベルファはフレーチカと和気藹々《わきあいあい》と話し込んでいる。

「で、でも、ひと目につくといけないから玄関は使うなとベルファ姉さまに言われたときは、びっくりしてしまいました。仕方なく窓から入ったら、その」

「ああ、そこに愚弟がいたのか。右も左も分からないフレーチカをここまで連れて来てくれたこと、感謝するぞアルフォンス」

「しかも、もうドレスを着せてあげるなんて、アルくんも実は結婚にノリノリだったんだね。喜んでくれてお姉ちゃんたちも嬉しいよ」

その会話を聞いて、親しげに語らうベルファァとフレーチカが旧知の仲であるということを、ようやくアルフォンスも理解した。

「え、ええと、姉さんたち、ちょっといいかな？」

土下座の体勢のまま顔だけを上げて、アルフォンスは恐る恐る尋ねる。

「……これはいったいどういうことなの？」

「どうもこうもあるまい。このフレーチカが、我々が選んだお前の花嫁だ。それともまさか、冗談で用意していたオークが好みだったのか？　我が弟ながら趣味を疑うぞ？」

「そんなわけない！　絶対ない！　フレーチカさんが良い！」

土下座したまま器用にブンブンと首を横に振るアルフォンス。

ベルファァはそんな弟を呆《あき》れ顔で見下ろしながら口を開く。

「あの日お前に言われるまでもなく、お前の妻となる女性はそれ即ち我々の義妹になるということくらい、重々理解していたとも」

「うんうん。妹にするなら、やっぱり可愛くて健気《けなげ》な美少女がいいかなってお姉ちゃんたちも思ってたからね」

「よって我々の好みで花嫁を選んだ。そして縁談に応じてくれたのが可愛い可愛いフレーチカというわけだ」

シルファァとベルファァは両側からフレーチカの手を取り、普段弟に向けている表情と同じ慈愛の面持ちで両脇《わき》を固めた。

「そ、その、不束者《ふつつかもの》ですがよろしくお願いします、お姉さま方……」

きょうから義姉となる二人に溺愛されて満更でもないのか、フレーチカはまたしても顔を赤らめ、すっかり照れている。

「じゃ、花嫁も到着したことだし、式の準備も終わらせちゃおう！」

「そうだな。弟と義妹のために最高の結婚式にしてやるのが姉の務めだ」

そうしてシルファとベルファは使用人を連れ、アルフォンスをその場に残し、結婚式の準備へと戻る。

アルフォンスはずっと土下座したまま。

手を差し伸べたのは、これから妻となるフレーチカだけだった。

「ええと、アルフォンスさん、どうかお立ちになってください」

「うん、ありがと」

恥ずかしさのあまり消えてしまいたい気分のアルフォンスだったが、なんとかフレーチカの手を取って立ち上がる。

「そうだよね……。今にして思えばドレスの採寸がぴったりな時点で、もともと君が着るために用意されていたドレスだって気づくべきだよね……」

「あ、あのっ！」

虚《うつ》ろな顔で苦笑いするアルフォンスの手を握ったまま、フレーチカは言う。

「わたしからも言わせてください。その――」

彼女は今も顔を真っ赤にしたままだ。

それでもフレーチカはアルフォンスの顔を真正面から見据え、口を開く。


「わたしと、結婚してくださいますか?」


「喜んで」

瞬間、アルフォンスはフレーチカの手を強く握り返し、即答する。

「おれの一生をかけて、君を一生、幸せにしてみせる」

紆余曲折あったが、アルフォンスは確かに幸福を感じていた。結婚相手への不安は杞憂に終わり、大好きな姉たちのおかげで、最高の花嫁を妻として迎えることが出来た。

フレーチカの事情は知らないままだし、どこの貴族の出なのかも確認は取っていないが、姉たちのお墨付きなら問題ないだろう。

何よりこんな可愛い美少女とひとつ屋根の下で暮らせるのだから、文句があるはずもない。

一時は没落貴族として婚約破棄される身まで落ちぶれたが、これからは良き妻に相応《ふさわ》しい良き夫となって平穏にファゴット領を治めていこう、そうアルフォンスが決意するのに時間はほとんどかからなかった。

夢心地のまま結婚式は始まった。

幸福感に身を包まれたアルフォンスはもう完全に浮かれてしまっていて、折角の結婚式がどういう進行で進んでいったか覚えていないほどだった。

「汝、フレーチカは、我が弟アルフォンスを夫とし、良きときも悪きときも、富めるときも貧しきときも、病めるときも健やかなるときも、ともに歩み、死が二人を別つまで、愛を誓い、夫を想《おも》い、夫に添うことを、守護竜の契約のもとに誓うか？」

アルフォンスとフレーチカを前に、二人に向き直りながらそう言ったのは、守護竜エイギュイユの彫像の前に立ったベルファだ。

宗教のないこの世界、新郎新婦の誓いの証人の役割は、仲人の仕事とされている。

アルフォンスとフレーチカの結婚を取り持ったのはベルファなので、ここでは式典用の黒のロングドレスを身に纏《まと》った彼女が、仲人として式の進行を進めていた。

「はい。誓います」

フレーチカは目を細めてそう言った。

ベルファは満足そうに頷《うなず》くと、次いでアルフォンスへと目を向ける。

「汝、アルフォンスは、この娘フレーチカを妻とし、良きときも悪きときも、富めるときも貧しきときも、病めるときも健やかなるときも、ともに歩み、死が二人を別つまで、愛を誓い、妻を想い、妻に添うことを、守護竜の契約のもとに誓え」

「はい。誓い――今なんか命令口調じゃなかった？」

「誓え」

「……もちろん誓います」

素直に納得しがたい問答を挟まれたが、結婚式において仲人は絶対の存在なので、逆らうことは出来ない。

「では、指輪の交換を」

威圧的な姉に促されるまま、誓いの言葉の次に、指輪の交換がやって来た。

花婿が花嫁の指輪を、花嫁が花婿の指輪をそれぞれ持ち、相手の指に嵌《は》めるのが習わしだ。ペアとなる二つの指輪には、ホーリーギフト発現のための魔法術式が施されている。

ウェディングリングの起源は、ドラゴンたちが跋扈《ばっこ》していた時代に遡る。エイギュイユより授けられた魔法の発動体として、魔力を秘めた貴金属で指輪を作ったのが始まりだ。

当時ギフトを発現させた夫婦は、つまるところ竜と戦う戦士だったため、利き手《きて》に武器を、逆の手に指輪を嵌めることが多かった。

今ではそのような起源も形骸化し、戦士の証ではなく愛の証として、婚姻した夫婦はお揃《そろ》いの指輪を左手の薬指に嵌めることになっている。

離婚したシルファや未亡人であるベルファも、今も指輪は嵌めたままだ。もっとも、左手の薬指に一つのリングを飾り続けているベルファと違い、シルファは薬指以外の指に三つもリングを嵌めているが。

ともかく、花婿と花嫁が互いの指に指輪を嵌めた時点で婚姻は成立し、指輪に刻まれた術式によりホーリーギフトが発現する。

そして、指輪の交換が終わった暁には、誓いのキスが待っている。

アルフォンスはというと、まだファーストキスすらしたことがない。

家の決めた婚約者はいたが、婚姻前に口づけを交わすような機会はなかった。

まだ片手の指で数えられる年齢だった頃は、よく二人の姉たちの頬にキスをせがまれていた記憶もあるが、姉相手でしかも頬にならばキスのうちに入るまい。

唇と唇を重ねるのは、間違いなくこれが初めて。

(指輪の交換が終わったら……！)

緊張で全身が汗ばむ。

特に、指輪を握り締めた右手が。

こっそりズボンで手汗を拭おうとしたアルフォンスだったが、結婚式の場でそれはいささか不作法だ。弟の行動を的確に予測した姉たちから、すぐさま険しい視線が注がれる。

いくら家の者しか式に参加していないとはいえ、次期当主としての威厳は保たなければならないということだろう。

アルフォンスは気合で手汗を引っ込めた。次いで、震える指先でウェディングリングを摘み、これから妻となるフレーチカへと向き直る。

彼女の左手を自分の空いた左手で厳かに取り、その薬指へ、指輪をゆっくりと近付けていく。恐る恐る。本当に恐る恐る、小鳥が地をちょんちょんと進むような速さで。

緊張で指が震えていたせいだろう、フレーチカの薬指にすんなり指輪を嵌めることが出来ず、こつんと爪に当ててしまう。

「ご、ごめん」

フレーチカにしか聞こえないほど小さな謝罪。

だが、アルフォンスが口にしたその言葉は、彼女には届いていなかった。

そこでアルフォンスはようやく気づく。

自分だけでなくフレーチカもまた、指が震えるほどに緊張していることを。本来なら、彼女の手を取った時点で気づくべきだった。

お互いガチガチだ。

相手の指にリングを嵌める程度、針の穴に糸を通すことに比べれば極めて簡単なはずなのだが、双方そんな有様では確かに手間取っても無理はない。

未来の妻の緊張をほぐすのは誰の役目か。当然、未来の夫の役目である。

「フレーチカさん、こっちを見て」

アルフォンスの言葉が、今度はフレーチカに届いた。

少し狼狽気味に見開かれつつも潤んだ紫紺《しこん》の瞳が、前髪の隙間から覗いている。アルフォンスは彼女の瞳をしっかりと見据えたまま、手元に視線を落とすことなく、彼女の薬指にウェディングリングを嵌めた。

「あ……」

フレーチカは自分の左手へと小さく目を落とし、そこに輝くホワイトゴールドの輝きに、ただただ瞳を凝らす。

いつの間にか、彼女の手の震えは止まっていた。

今度はフレーチカが花婿用の指輪を右手に摘まみ、空いた左手でアルフォンスの左手を取り、その薬指へと指輪を近付けていく。

先ほどとは違い、手間取ることなく指輪はアルフォンスの指に収まった。

こうして指輪の交換は成立。

この瞬間、晴れてアルフォンスとフレーチカの二人は夫婦となったのだ。

後は守護竜の彫像の前で口づけを交わすだけ。

「フレーチカさん……」

「アルフォンスさん……」

アルフォンスの眼差《まなざ》しが、今まさに新妻になったばかりのフレーチカへと向けられる。

フレーチカもまた、煌《きら》めく瞳でアルフォンスのことだけを見つめている。

「では、誓いの口づけを」

その光景を見届けたベルファが、満足げに言った。

アルフォンスはフレーチカのヴェールをゆっくりと持ち上げ、顔を近づけていく。

彼の視線は新妻の唇に釘付けになっていた。

もう少し。

あとほんのもう少し。

今まさに誓いのキスを――

と、しかしそのとき。

またもアルフォンスに難局が降りかかる。

「ええええええええええーっ⁉」

婚姻が成立した瞬間、発現したホーリーギフトをいち早くチェックすべく、誓約書に浮かび上がったステイタスの魔力文字を目にしたシルファが、素っ頓狂な悲鳴を上げたのだ。

初めての口づけを中断させられたアルフォンスとフレーチカや、仲人として二人の間を取り持っているベルファはもちろん、他の参列している使用人たちでさえ、思わず一斉にシルファへと視線を巡らせる。

「どうしたんだシルファ、式の最中にヘンな声を出して」

ベルファが、誓約書を持ったまま震えるシルファへと非難の眼差しを向けた。

「ベルファもこれ見て！」

「いやシルファ、仲人が式の途中で持ち場を離れるなど……」

「いいから！」

尋常ではない雰囲気を放つシルファ。

ベルファはやれやれといった面持ちで肩をすくめると、式を一時中断したままアルフォンスたちの前を離れ、シルファのもとへと急ぐ。

「これは……！」

そして彼女もギフトの内容を見て驚きに目を剝いた。

「ど、どうしたんだよ姉さんたち！」

嫌な予感を抑えきれなくなったアルフォンスは姉たちに向けてそう言った。

彼女たちは無言で誓約書を弟のもとへ持ってくる。

そこに書かれていたのは――


『愛の力』

伴侶を愛するほど全能力が向上する

ホーリーギフトとしては、なかなかに恵まれた能力だ。

ファゴット家を没落させた姉たちが持つ、配偶者の能力を奪う『略奪』や『死がふたりを別つとも』に比べたら、よほど健全で面目も立つ。

だが、姉たちのただならぬ雰囲気に、アルフォンスは素直に喜べなかった。

能力が記された文面の最後を、シルファの指が隠している。

「姉さん……その指どけて」

恐る恐るアルフォンスは言った。

シルファは無言で頷き、指を除《の》ける。

そうして明らかになった全文を見て、自分より先に、花嫁であるフレーチカが硬直するのがアルフォンスにも分かった。

――伴侶を愛するほど全能力が向上する（重複可）。

「重婚前提の能力じゃないか！　男として最低だぞ！」

その瞬間、念願のファーストキスのことすら頭の中から吹き飛んだ様子で、アルフォンスの悲痛な叫びが結婚式場に響き渡った。

第二章　これから家族になるために

結婚式が終わると、すぐさま家族会議が開かれた。

実際には指輪の交換を終わらせただけで、まだ口づけを交わしていないのだが、今はそれどころではなかった。

すでに日は落ち、窓の外の景色は暗い。しかし、家族会議が行われている大広間の空気はもっと暗く、重かった。

室内にいるのはアルフォンスとフレーチカ、そしてシルファとベルファの四人。

アルフォンスの得たホーリーギフトの内容を正しく知っているのもこの四人だけだ。

使用人たちはベルファからの箝口令《かんこうれい》を受け、室外に下がらされている。彼ら彼女らは結婚式での騒動こそ目にしたものの、誓約書に記されたギフトの内容を直接確かめたわけではない。

「まったく、とんでもないことになったな」

ベルファは大きく肩をすくめながら、退室前にメイドが淹れてくれた紅茶に口を付けた。が、もうすっかりぬるくなってしまっている。

「とんでもないのはアルくんのギフトだよ！　これは本当に凄《すご》いんだから！」

逆にエキサイトしているのがシルファだ。

「だって、お嫁さんの数を増やせば増やすだけ強くなれるんだよ？　最強のギフトじゃない、天下が獲れる！　国家転覆なんて生ぬるい、大陸制覇、いいえ世界征服だって夢じゃない！ファゴット家最強ぅーー！」

彼女は握《にぎ》り拳《こぶし》を作って熱弁していた。愛する弟が世界最強の男になれる可能性を秘めていたのだ。ブラコンであるシルファにしてみれば興奮するなと言うほうが無理な話だろう。

ちなみに、ギフトを抜きにしたアルフォンスの結婚前の実力はというと、体術×、剣術×、魔術の才能に至っては皆無という、なんとも悲惨な有様だった。

戦闘訓練の類も一切《いっさい》受けていないので、領内にスライムなどのモンスターが出没したとしてもアルフォンスが討伐に駆り出されたことは一度もなかった。そのくらい弱いのだ。

とはいえ、強いギフトに目覚めさえすればそうした現状も簡単に引っくり返せるからこそ、結婚して一人前になることが貴族の令息には何より求められているのだが。

「国家転覆とか冗談でも言わないでくれ！　ただでさえ姉さんたちのせいでファゴットの家名は地に墜ちているのに、あまつさえ次期当主のおれに野心があるなんて噂が広まったら、今度こそ本当に当主追放じゃ済まない、間違いなく領地没収だぞ！」

「これからアルくんのギフトを鍛えれば国が相手でも勝てるよ！　お父様やお母様だって戻ってきてもらえるんだよ！」

ファゴット家の現当主は、アルフォンスたちの祖父が務めている。

これには理由があって、つい数年前まではアルフォンスたちの父が当主だったのだが、彼は二人の娘たちの結婚騒動のせいで、国から家の不始末の責任を取るよう命じられ、当主の座を退かされた上で遠方へと追放されてしまったのだ。

母も父に付き添い、息子や娘たちとの別れを惜しんで屋敷を去った。

父に代わって、隠居していた祖父が当主の座に戻ったのだが、彼も王都で役職に縛られ、ろくにファゴット領に戻れていないのが現状だ。

次期当主のアルフォンスはまだ若く、未婚のままでは一人前として認めてもらえず当主の座を世襲することは適《かな》わない。

幸い、当主代行を務めているベルファが内政に関して優秀だったため、今は領地内で大きな問題は起きていない。

しかし何か問題が起きれば、当主である祖父が王都に縛り付けられている以上、アルフォンスたちだけで解決しなければならないのが現状だ。そして対処しきれない問題が領地で起きた場合、所領の没収は確実だろう。

そもそも王国が現当主であるアルフォンスの祖父を長きにわたって王都に拘束しているのも、それが狙《ねら》いと考えるのが自然だ。

此度のアルフォンスの強力なギフト発現は、王家との微妙な関係にさらなる亀裂が入りかねない出来事なのだ。

「確かに、新国王の姉になるのも魅力的ではあると思うが……」

「おいこら」

「しかし今は、何よりフレーチカの気持ちが大事だろう」

そう言って、ベルファはフレーチカへと視線を巡らせる。

釣られてアルフォンスもバツが悪そうな顔で妻を見た。

「……」

フレーチカは会議中ずっと黙り込んでいる。

人目につかないところで涙をこぼしていたのか、可憐な面持ちを台無しにするくらい彼女の目は腫れあがっていた。

おそらくは、夫のギフト『愛の力』の全容を知って以降、大泣きしていたのだろう――そうアルフォンスは思っていた。

(そりゃ泣きもするよな……)

アルフォンスの胸中は申し訳なさでいっぱいだった。

なにせきょうから夫となる男のギフトがまさかの重婚推奨の能力だったのだから。

浮気《うわき》をすればするだけ強くなると言われても、妻の立場からすればとても容認できるようなものではない。

　この世界において結婚は重要なものであるため、基本的に一夫一妻が多いが、決して強制されているわけではない。現に王国の国王は複数の側室を迎えている。仮に女当主であっても、権力と能力があれば複数の夫を迎え入れて許される社会なのだ。

「とりあえずフレーチカさんは泣き止《や》んで！　だいじょうぶだから、おれは浮気なんかしない、フレーチカさん一筋で生きていくから！」

「でも、父がホーリーギフトは本人の人格が能力を左右するって言ってましたし……」

　言われ、アルフォンスは押し黙る。

　浮気性だと疑われるのは心外だが、確かに出会ったばかりの美少女を花嫁にしようとした男だ。何を言っても信用に足るまい。

　このとき、自分を恥じていたアルフォンスは、それゆえに気づかなかった。

　フレーチカの面持ちがなぜか、アルフォンスではなく、自分自身を責めているような表情であることに。

「確かに、ベルファのギフトはベルファっぽいかな～って」

「それを言うならシルファのギフトこそシルファらしいだろう」

　心当たりがあるのかシルファとベルファはお互いに合点のいった眼差《まなざ》しを向けていた。

「姉さんたちは黙ってて！　ともかく、おれは絶対浮気しない！」

「アルくんはそう言うけど、発現したギフトの中身はまるっきりハーレム前提みたいな強化能力だもんね」

「さすがファゴット家の嫡男《ちゃくなん》だ。やはり男としての度量が違う」

「お爺ちゃんも若い頃は色んな女の子に手を出してたって、昔お婆《ばあ》ちゃんがそう言ってたの思い出した」

「血は争えぬものだな」

「姉さんたちも引《ひ》っ掻《か》き回すんじゃない！」

アルフォンスだけが会議を穏便に進めようとしていたが、当然、収拾がつくわけもない。

「うぅ………」

フレーチカの落ち込みようと言ったら、そんな会話すら耳に入っていないほどだ。

シルファはむしろアルフォンスの重婚に賛成の立場だし、フレーチカは感情が爆発してしまっていて、きょうが初対面のアルフォンスでは宥《なだ》めることすら困難ときている。

アルフォンスは頼みの綱とばかりにベルファを見やる。

彼女は以前からフレーチカと面識もあるようだし、シルファの暴走を抑えるのもお手の物だ。なので、姉のブラコン心を精一杯刺激する眼差しで救いを求めた。

「……まったく、しょうがない弟だ」

今にも泣き出しそうな弟の視線に屈したのか、ベルファは大きくため息をつく。

「このままでは会議も進まない。場所を変えようか」

そう言って彼女は真っ先に席を立った。

「姉さん、いったいどこへ？」

「決まっているだろう。フレーチカもきょうからファゴット家の一員となったのだ。ならば、我が家の慣習には早いうちから慣れてもらったほうが良い」

「……え、それってもしかして……」

「無論、大浴場だ」


ファゴット家の屋敷には、他の大貴族も目を見張るような大浴場が設置されている。

これは女好きであり風呂《ふろ》好きで知られたアルフォンスの祖父が、一度息子に当主の座を譲る前、まだ現役《げんえき》の領主であったころに造らせた浴場だ。

若い時分に祖父は、大勢のガールフレンドたちをこの自慢の大浴場に連れ込み、彼女たちをはべらせていたらしい。

彼が女遊びを控えてからは、大浴場は家族の憩いの場として用いられ続けた。

ファゴット家の慣習——それは家族勢揃いで入浴することである。

アルフォンスも幼い頃から、毎晩のように姉たちと一緒に風呂に入っていた。

思春期に差し掛かるとさすがにアルフォンスも姉たちとの入浴を拒んでいたのだが、家族の慣習だからと、姉たちは決して許してくれなかったほどだ。

没落貴族となった今では、大浴場に設置された全《すべ》ての浴槽に湯を張ることはかなわないが、家族四人で利用する程度で良ければたいした負担ではない。

その日の夜は、内風呂のひとつに湯を張り薔薇の花びらを浮かべ、来客用のサウナと水風呂が準備された。

「つまるところ、ファゴット家の慣習というのは、家族同士の裸の付き合いなのだ」

湿気を含みつつも熱気溢《あふ》れる木造サウナにて。

来客用の湯浴み着——薄い生地で織られたノースリーブの羽衣を身に纏《まと》ったベルファは、傍《かたわ》らのフレーチカにそう説明した。

今でこそファゴット家は不人気だが、他の貴族の客人が多かった昔は、大浴場を混浴として利用することも多かった。湯浴み着は男女が気兼ねなく入浴できるよう用意されたものだ。

「まあ、湯浴み着を着ていると厳密には裸の付き合いではないのかもしれないが、なに、私も乙女心が分からぬ馬鹿《ばか》ではない。フレーチカからすれば、夫となったとはいえ出会ったばかりの異性に裸身を晒《さら》すには勇気がいるだろうからな」

「は、はい……」

頷《うなず》くフレーチカも当然同じ格好をしている。

「それにサウナは落ち着くだろう。心地良い暑さは心身をリラックスさせ、思考よりも感覚を研《と》ぎ澄ましてくれる。現にお前もやっと泣き止んでくれた」

「い、いえ、これはその、単にそれどころではなくなっただけで……」

しかし、フレーチカは恥ずかしそうに縮こまり、ヴィヒタ——白樺の若い枝葉をブーケ状に束《たば》ねたもの——で自分の胸元《むなもと》を隠し、手足を折りたたんで小さくなっていた。

「それ以上に、その、恥ずかしいんですっ……！」

それもそのはず。

いくら湯浴み着を着ているとはいえ、サウナは熱い。当然汗をかく。汗を吸った湯浴み着はぴったりと肌に張り付き、豊かな胸元を含めたフレーチカのボディラインをこれでもかと強調してしまっていた。

室内にいるのが女性陣だけならばそこまで恥ずかしがる必要もないが、サウナの熱とは別の理由で顔を真《ま》っ赤《か》にしたフレーチカの視線の先には、同席しているアルフォンスの姿があった。

今このサウナ室は、男女混浴になっているのだ。

「ほらみろ姉さん！　おれは席を外して三人だけで入るべきだっただろ！」

アルフォンスも顔が真っ赤だ。

一応こちらも湯浴み着を着用しているが、男性用の着衣はハーフパンツのみ。姉たちだけならば気にしないが、フレーチカがいるとなると話は別だ。

「アルくんたら堅物ぅ～。昔みたいにお姉ちゃんが体洗ってあげよっか？」

アルフォンスの隣に座っているシルファが楽しげに笑った。

だが、楽しそうなのは姉たちばかり。アルフォンスからすれば、妻となる女性と初めて入浴を共にする場に姉同伴というのは、はっきり言って死ぬほど恥ずかしかった。

「ふふ、お楽しみはこれからだ」

ベルファァの視線の先、室内に設置された大型のストーブの中には、じわじわと熱気を放熱しているサウナストーンがぎっしりと積み重ねられている。

「どれ、もっと熱くしてやろう。気持ちいいぞ」

ベルファァは手桶を持って、ストーブの中のサウナストーン目掛け、複数の薬草を浸して効能と香りを纏わせたアロマ水をじっくりとかけていく。

途端、ストーン全体から容赦ない蒸気が立ち込め、室内の体感温度を急激に引き上げる。

これぞファゴット家名物、薬草蒸気浴だ。

「扇げ、シルファ」

「おっまかせ～」

桶で手が塞《ふさ》がっているベルファァに代わり、シルファはフレーチカの持っていた大きなヴィヒタを奪い取ると、その葉の束をストーンに向け、ゆっくりと仰《あお》ぎ始めた。

蒸気は白樺の香りを含み、熱波となって空気ごと室内を循環する。サウナは万遍なく蒸され、四人の感じる熱気は途方もなく高まっていた。

「痛い痛い、熱さが痛い！　姉さんたち、やりすぎだよ！」

「そうです！　葉っぱを返してください！」

まず真っ先に熱さを感じる耳や手足の指先を熱風からかばいつつ、アルフォンスは悲鳴を上げた。フレーチカもヴィヒタを奪われてしまったので別の意味で悲鳴を上げていた。

「そーれそれ、どんどん熱くしちゃうよ～」

しかしシルファは止まらない。

勢いを増す熱波のせいでベルファがストーブの前から退避しても、シルファは景気よくヴィヒタを扇代わりにして風を送り続ける。

「これ以上入っていたら火傷するだろ！　出よう、フレーチカさん！」

たまらずアルフォンスはフレーチカの手を引いて、サウナ室の外へと飛び出した。

お互い汗はすでに滂沱《ぼうだ》のように流れ出しており、室内の熱さを物語っている。

すぐさま汗をかけ湯で流し、水風呂へと飛び込むアルフォンス。

その際、アルフォンスは一つミスを仕出かした。

いつもの入浴時の癖《くせ》で、穿《は》いていたハーフパンツを脱いで全裸になってしまったのだ。

「あ、あああ、あのあのっ……」

脱ぎ散らかされたパンツに目を落とし、フレーチカは戸惑う。

が、今まさに目の前でかような光景を見せられては、湯浴み着を身に付けたまま入浴するのはマナー違反なのではないかと思考してしまうのが人の常だ。

当然、フレーチカも例外ではない。

「あー、冷たくて気持ちぃぃー」

先ほどの灼熱地獄から一転、涼しげな水風呂の中で気持ち良さそうに四肢を伸ばすアルフォンスの姿を見、フレーチカは決意を固める。

一刻も早く水風呂に飛び込みたいのは彼女も同じだった。

「わ、わたしもいきます！」

フレーチカは意を決し、真っ赤な顔のまま、汗だくの湯浴み着を脱いだ。

つまりは全裸だ。

「えっ……！」

アルフォンスの視線は当然、フレーチカの裸身に注《そそ》がれる。

そこでようやく自分が湯浴み着を脱いでしまったせいでフレーチカに誤解させてしまったことに気づいたが、時すでに遅し。彼女はもう一糸纏わぬ姿だ。

慌てて視線を泳がせるアルフォンスを尻目《しりめ》に、フレーチカは汗まみれの裸体に頭からかけ湯をして、水風呂へと静かに入る。

「はー。熱かったです……。ファゴット家の方々は、これを毎晩されているのですか？」

「それはまあ……そうだけど……」

未《いま》だに姉たちと毎晩入浴を共にしていることが恥ずかしいのか、アルフォンスは返事した後、冷たい水風呂に顔の下半分を浸してぶくぶくと息を吐いた。

そして、傍らのフレーチカへと視線を巡らせる。

彼女もまた、吐息を漏《も》らしながら水風呂に体を沈めて熱を取っていたが、慣れていないせいか冷たさに抵抗感が出てきたのだろう、ゆっくりと立ち上がった。

濡《ぬ》れた長い黒髪が裸身に張り付いている。

はっきり言って扇情的だった。

特に、城塞粉砕用の流線型砲弾もかくやと言わんばかりに突き出た豊かな胸元の、冷水に濡れて敏感に尖《とが》った先端を見えそうで見えないくらいの塩梅《あんばい》で絶妙に隠している黒髪が。

これればかりはアルフォンスも年頃の少年だけあって、どうしても視線が集中してしまう。

(女の子の濡れた髪は黒が一番綺麗《きれい》だな……)

なので、姉たちの裸はともかく、それ以外の女子の裸なんて見たことがないアルフォンスは、なるべく意識を黒髪だけに集中させて、正気を保とうとしていた。

だが、注目すればするほど、サウナにいたとき以上に心臓の動悸が激しくなってしまう。

「この水風呂、お水が柔らかなんですね」

一方フレーチカはようやく落ち着いた様子を見せ、下半身を水につけたまま、手のひらですくった水を腕に伝わらせながら目を細めていた。

（本当に柔らかそうなのはおっぱいだな……）

つい口走りそうになった言葉を水風呂に沈めるアルフォンス。

「ファゴット領は三方を山に囲まれた盆地で、王国の中でも最も大きいファゴット湖もあるし、地下水源も豊かなんだ。天然地下水をかけ流しで使っているから、水質が柔らかなんだよ」

「詳しいんですね」

「そりゃ、自分の所領のことだし、当然ちゃんと勉強してるよ。まあ、三方を山に囲まれてる時点でお察しだけど、うちは王国の中でも随一の僻地《へきち》だから。盆地なせいで夏は暑くて冬は寒いし、雨期になると湿気がたまってジメジメうっとおしい日が続くし、水害も多い。とんでもない田舎に嫁いできたと早々に思い知ることになるよ」

自分の領地で自虐するのもどうかと思ったアルフォンスだが、事実なのだから仕方ない。

「でも、そういう不安定な気候のせいで入浴の風習が根付いたのもファゴット領の特徴なんだ。だから貴族でなくともお風呂やサウナを常用している領民が多い」

「なるほど……」

「うちの爺様は特にサウナが好きで、真冬のファゴット湖を水風呂代わりに使っていたくらいさ。氷が張ってる湖に飛び込むとか、正気じゃない」

サウナと水風呂の交互浴を根付かせたのもアルフォンスの祖父だ。彼は風呂とサウナは熱ければ熱いほど良く、水風呂は冷たければ冷たいほど良いという主義なのだ。

「ジョン様がそんな方だとは存じませんでした。いくつになってもお元気な方だとは思っていましたけど」

「え？」

フレーチカの漏らした言葉に、アルフォンスはようやく彼女の胸の膨らみから視線を外し、顔を見た。

フレーチカは旧知の人物を懐かしむ表情を浮かべている。

「爺様のこと知っているの？」

思わずアルフォンスは問うた。

ジョン・ファゴットはアルフォンスの祖父であり、ファゴット家の現当主。そして王家から命じられてここ数年はずっと王都での暮らしを余儀なくされている人物の名だ。

そんな祖父と顔見知りであるならば、当然フレーチカもつい最近まで王都で暮らしていたということになる。

もしかして彼女は、アルフォンスが考えている以上に名門貴族の出なのかもしれない。

「はい。何度かお会いしたことがあります」

フレーチカは、先ほど家族会議で押し黙っていたのが嘘《うそ》のように、きっぱりと言った。

まさか、本当にサウナに入ってスッキリしたのだろうか、と思ってしまうほどの清々《すがすが》しさだった。

「フレーチカはですね、間違っていました」

彼女は自分が裸身であることを恥ずかしがりながらも、アルフォンスを真剣な目で見つめながら頭を下げる。

「い、いや、そんなことないって！　自分の夫にあんなギフトが発現したら誰《だれ》だって戸惑うし嘆きたくもなるさ！」

アルフォンスは水風呂から上がりながら、近くに置いてあったタオルを二枚手に取り、ひとつを自分用として腰に巻き、もうひとつをフレーチカに手渡した。

「違います。嘆いていたのは夫のギフトではなく、自分のギフトのことなんです。ギフトはおのずと自らに似るという話で恥じていたのは、妻であるわたしのことなんです」

しかし、フレーチカはタオルを受け取ろうともせず、アルフォンスの目を見てそう言った。

「自分のギフト？」

そういえばとアルフォンスは思い出す。

自分に発現したギフトがあまりと言えばあまりな代物だったせいで、伴侶のギフトの確認をすっかり忘れていたことを。

本来、結婚式では互いの永遠の愛を誓い合った後、指輪の交換と口づけを終えてからギフトの内容の相互確認をするはずなのだ。キスすらまだなのだから、確認もしていない。

「アルフォンスさんを困らせてしまう前に、まず、わたしが自分のことを話さないとフェアじゃないと気づきました。泣いてしまって、本当にごめんなさい」

頭を下げた後、フレーチカは少しもじもじとしていたが、決意の表情とともに、ゆっくりと自分の豊かな胸元に手をやった。

そしてあろうことか、アルフォンスの目の前で、むにっと自分の胸を摑《つか》んで谷間を広げたではないか。

「な、なななな、何を急に」

「見てください。わたし、ここにほくろがあるんです。恥ずかしくて隠していたので、誰も知らないことですけれど」

顔を真っ赤にしているが、やっていることは大胆極まりない。

それでもアルフォンスは誘惑に負け、視線を逸らすこともできず、胸の谷間のほくろを凝視した。

確かにほくろだ。右の胸の内側に小さい黒い点が見える。

思わず突きたくなる気持ちが抑えられない。

「ど、どど、どうして急にほくろのことを……？」

「わたしだけの秘密だったからです」

理性はとっくにサウナ室に置き去りにしてきたアルフォンスだが、それでもフレーチカの突然の行動が理解できず、なんとか疑問を口に出した。

「その秘密を打ち明けたのは、夫婦の間に秘密を作らないためです」

「秘密？」

「ベルファ姉さまには、わたしのギフトについてアルフォンスさんに黙っておけと言われていたのですが、先ほどお伝えしたように、それはフェアじゃありません」

そう言われて、アルフォンスは驚いた。

すでにベルファがフレーチカのギフトを確認していたらしい。

あまつさえ、その内容を口外しないように口止めしていたという。

そこまでするような内容だとでも言うのだろうか。

「おれも自分のギフトのことで頭がいっぱいですっかり忘れていたけど、普通、フレーチカさんのギフトがどんなものだったかは誰だって気にするよね。ましてやうちの姉さんたちはギフトに興味津々だから、把握しておかない理由はない」

「はい。お姉さま方が家族会議でわたしのギフトについて触れなかったのは、アルフォンスさんのことを思ってのことだと思います」

フレーチカの言葉にアルフォンスは身構える。

あのブラコンの二人が弟に聞かせたくないと判断したギフトとは、いったいどれほどのものだったのだろうか、と。

「わたしに発現したホーリーギフトは、**『秘密の花園』**というものです。夫婦の間に秘密を作れば作るほど、わたしの力が増すという能力です」

「……そ、それって」

「アルフォンスさんのギフトが重婚前提の強化能力とするならば、わたしのギフトは、口にするのも羞恥《しゅうち》に胸が潰《つぶ》れる気持ちですが、不貞前提の強化能力です」

不貞前提。

そう告げられ、アルフォンスは頭が真っ白になった。

不貞て、と。

いや、自らも浮気すればするほど強くなる能力を授けられておきながら、相手の浮気だけを非難するのは不公平だ。

不公平だが、ショックなものはショックだ。

しかし、そこでアルフォンスは気づく。

姉であるベルファが、フレーチカに口止めした理由に。

「ちょっと待って。だったら、ほくろの話もそうだし、能力の内容もそうだ。隠したままにしていたほうが、君には有利なはずだ。むしろ秘密を明かしてしまったら弱体化するような能力なんだから、ベルファ姉さんが黙っているよう言ったのも当然だ」

「ええ、そうです。でも、わたしはわたしのギフトがどうであろうと、あなたとの間に嘘や隠し事を作りたくないんです。きょうから夫婦なんですから」

フレーチカは何事もなかったかのようにほほえんだ。しかし、自らの能力を夫に明かした時点で、おそらく彼女の力の弱体化はすでに起きてしまっているはず。

「そして真っ先に打ち明けなければならない秘密というのは、他でもありません、わたしが何者であるかということなのです」

「うちの爺様と会ったことがあるなら、もしかして王都で暮らしていたの？」

「ええ。王国の第二王子がわたしの父です」

「そう、第二王子殿下の……王子殿下？」

ふらふらと立ちくらみを起こすアルフォンス。

「……うーん、水風呂に入りすぎたみたいだ」

そのまま薔薇の花が浮かべられた湯船へ。フレーチカも無言で寄り添って付いてきた。

本来なら外気浴をするところだが、お嫁さんの裸身を屋外で晒させるつもりはアルフォンスにもない。それに今は、二人して冷えた体に、湯の温かさが心地良い。

熱いサウナから水風呂、そして温かい湯船と、温度差が体をリラックスさせ血行を良くしてくれたので、頭の回転も早くなっている。

が、それとこれとは別だ。

第二王子の娘ということは、つまり王族ということに他ならない。

現在、王国を治めている国王は高齢、すでに齢《よわい》六十を過ぎている。その息子である王子はかつて六人いたが、体の弱かった第六王子はすでに他界し、今は五人。

　第一王子である王太子や第二王子の年齢は三十後半。彼らに息子や娘がいてもおかしい話ではない。

「でも、王太子殿下にご子息がいるのは知っているけど、第二王子殿下にご息女がいたなんて初めて聞いた……」

「わたしは正式な王族として数えられていません。ドラゴンブラッドが発現しなかったので」

「つまりそれは――」

　王族の者は誰でもドラゴンブラッドを先天的に有して生まれてくる。それこそがエイギュイユの血を引いている証拠だ。そしてその血の力で、王族たちは千年王国を築いたのだ。

　第二王子の娘でありながら発現しなかったとなると、考えられる可能性はひとつしかない。

「ですが、決して母は不貞を働いていません！　父もそう信じてくれています。けど、王族の大半は信じてくれませんでした。祖父である国王陛下すら」

　フレーチカは悔しげに訴えたが、無理からぬことだ。

　ドラゴンブラッドが発現しなかったということは、彼女の母が第二王子以外の男と関係を持ってフレーチカを産んだと思われたに違いない。

「父は母を庇《かば》い続けましたが、わたしが十になる前に心労で母はこの世を去り、以降わたしは父と引き離されました。幸い、今は亡き叔父の第六王子殿下が優しくしてくださって、あの方の看病という形で叔父の庇護のもと暮らせていたのですが……」

「そうだったのか……」

アルフォンスは頷く。

「だからベルファ姉さんと面識があったんだね？」

「はい。叔父上に嫁がれたベルファ姉さまは、わたしにも優しくしてくださいましたから」

病弱で若くして命を落とした第六王子。

その妻として王家に嫁いだのがファゴット家次女のベルファだ。

ベルファとフレーチカの交流はそのときから続いているのだろう。

「ですが叔父上が亡くなり、父のもとに戻ることも国王陛下に許されず、わたしの立場も危うくなりました。おそらくあのままでしたら、貴族の家に嫁ぐことも許されず、追放されていたことでしょう。そこに救いの手を差し伸べてくださったのが、ベルファ姉さまだったんです。弟が婚約破棄されたからうちの嫁に来いと」

そう言われ、アルフォンスは苦笑いを浮かべる。

姉たちは最初からフレーチカを嫁として迎え入れるつもりだったにもかかわらず、オークの肖像画を用意してまで弟を茶化していたのだから、タチが悪い。本人たちはそういう悪ノリを嫌がらせではなく愛情表現と信じて疑っていないので尚のことだ。

「じゃあ、うちの屋敷に窓から侵入してきたのも」

「はい。ベルファ姉さまに、ひと目につかないようにと言付けされていました。アルフォンスさんはお知りにならなかったのですか？」

　素朴に首を傾げるフレーチカ。

「わたしはてっきり、アルフォンスさんも仔細をお聞きになっていて、最初からわたしがフレーチカだと分かって出迎えていただけたものとばかり……プロポーズも――」

「あ、あー！　それはもちろん、もちろん分かってた」

　アルフォンスは慌てて誤魔化《ごまか》した。

　姉たちに勝手に決められた結婚を放り出して、一目惚《ひとめぼ》れしたフレーチカにプロポーズしてしまったなどという事実を知られるわけにはいかない。

「さすがに王家の人だとは知らされてなかったけど、うん、力が弱まることを承知でおれに教えてくれたこと、素直にありがとうって思うよ、フレーチカさん。やっぱりこれから夫婦になるんだから、隠し事はないほうがいいよね」

「はい」

「もちろんおれも浮気しないから！」

「わたしも、この指輪を末永く大切にさせていただきます」

　それから二人は、背中合わせで湯船に浸かりながら、様々なことを話し合った。

　たとえば、食事の好みのこと。

フレーチカはこう見えてそれなりに健啖家《けんたんか》らしい。恥ずかしそうに告白していたが、その細いウエストからは信じられない話だった。

好きなことや趣味。

調金細工を趣味としているアルフォンスと、裁縫を好むフレーチカ。お互い手先の細かな作業を好むと分かって、大いに話が弾んだ。

遅まきながら年齢の話もした。

アルフォンスの見立て通り、やはりフレーチカは彼より一つ年上の十七歳だった。つまるところ姉さん女房だ。

「わたしのほうがお姉さんなんですか?」

「そうなるね」

「そっか。わたしのほうがお姉さんなんだ……」

背中合わせの状態のため、フレーチカがどんな顔をしているのかアルフォンスには分からない。が、背中越しに伝わってくる妻の体の感触は決して悪い気分ではなかった。

「アルフォンスさん」

「うん?」

「そろそろ上がりましょうか」

ゆっくりと背中が離れていく。

ようやく目にしたフレーチカの顔は、長く湯船に浸かっていたのでのぼせたのか、凄《すさ》まじく赤い。いや、のぼせたにしてはいささか赤面し過《す》ぎている。

と、そこでアルフォンスは気づいた。

婚姻を終えて、今は夜。新婚夫婦は互いに体を清め終えた。

次に待っているのは――

「……ところで、あの、ですね」

と、フレーチカのほうから切り出してきた。

もちろんアルフォンスにも分かっている。

新婚夫婦の初めての夜のイベントと言えば一つしかない。

初夜だ。

「――お腹《なか》、すきませんか？」

「うん！　……うん？」

が、意気込んで首を縦に振ったアルフォンスは、すぐにも首を横に傾げる羽目になった。

「いえ、あの、晩御飯をですね、食べてなくてですね……」

一方、フレーチカは恥ずかしげに俯《うつむ》き、ごにょごにょと歯切れ悪く呟《つぶや》いている。

しかし言われてみれば、式の途中から色々あってバタバタしていたため、二人は何も食べていないままだ。結婚式にはご馳走も用意されていたが、手を付ける余裕もなかった。

「そうだね、お風呂上がりの夕食にしようか」

「はい！」

初夜を前に身構えていたアルフォンスはどこかホッとした様子で頷き、伴侶がそんな心配をしていたとは露《つゆ》とも知らず、フレーチカは嬉《うれ》しそうにはにかんだ。

入浴後、アルフォンスとフレーチカは寝間着に着替え、厨房へと赴《おもむ》いた。

そこには式後の晩餐会に出される予定だった料理の数々が、ほぼ手つかずのまま並べられている。

没落中のファゴット家では滅多にお目にかかれないほどのご馳走ばかりだ。

「メイドさんにお願いして、温められるものは温め直してもらおうか」

皿の上に盛られたままますっかり冷めてしまっているジビエ肉の塊を見やり、アルフォンスは言う。火入れをやり直したほうが美味《おい》しく食べられるのは誰の目にも明らかだ。

「だいじょうぶです、わたしに任せてください」

と、まるで、待っていられないと言わんばかりの積極さで、フレーチカは瞳《ひとみ》を輝かせながら返事をした。

同時に、乾かしたばかりの長い黒髪をポニーテールに纏め、給仕用のエプロンを寝間着の上

から身に付け、大ぶりのナイフを構える。

貴族らしからぬ格好だが、新妻らしさで言えばこれ以上ないほど新妻らしい出で立ちだ。

「冷めたままでも美味しく食べられるようにしましょう」

言うが早いが、フレーチカは手にしたナイフで塊肉を薄くスライスし始めた。

次いでバゲットに手を伸ばし、パンの中央に大きく切れ込みを入れていく。

さらには前菜のサラダやチーズを拝借し、スライス肉といっしょにパンに挟み、挽いた粒胡椒を軽くふった後、肉料理のために用意されていた柑橘のソースをかける。

「ね、もうできちゃいました！」

ジビエ肉があっという間にサンドイッチに早変わりしてしまったが、今すぐにでも手摑みで気軽に食べられるという点を踏まえれば、空腹を抱える二人にとってこれ以上ないご馳走だ。

それにサンドイッチは冷めていても美味しい。

「手際いいね、フレーチカさん」

「えへへ」

褒められたのが嬉しいのか、フレーチカは口元を柔らかく綻《ほころ》ばせながら、二人分のサンドイッチを用意した。

「いただきます」

二人とも行儀が悪いことは重々承知していたが、食卓まで移動している時間すら惜しいほど空腹だったため、その場で立ち食いを始める。

「あ、これ美味い。よし、おれも別の具でやってみよう」

ジビエ肉以外にもサンドイッチの具に転用できそうな食材は多々あったため、今度はアルフォンスがローストチキンや茹でた魚介類をパンに挟みやすいサイズにカットし、おかわりのサンドイッチをフレーチカのために作ってみた。

「ありがとうアルフォンスさん、こっちも美味しいですよ」

フレーチカが頬張《ほおば》ったのは、具にチキンとトマトとピクルスを挟み、マスタードをたっぷり利《き》かせたサンドイッチだ。

「そう？　良かった」

「アルフォンスさんも一口いかがですか？」

言われ、自分の分も用意しようとしたアルフォンスだったが、すぐにその手が止まる。

「はい、あーん」

新しく用意するまでもなく、フレーチカが自分の食べかけをアルフォンスに向けて差し出して来たからだ。

貴族ともあろう者が他人の食べかけに齧《かじ》りつくなんて作法がなっていないと思わなくもなかったが、そもそも立ち食いの真最中だ。今さら気にする行儀もあるまい。

「あ、あーん……」

アルフォンスはにやけそうになる頬《ほお》に気をつけながら、妻が差し出してくれたサンドイッチにしっかりとかぶりついた。

「ほら、美味しいですよね？」

「うん」

もぐもぐと口一杯に頬張りつつ頷くアルフォンス。

夫婦になって初めての食事がまさかこんな形になるとは夢にも思わなかったアルフォンスだったが、今は夢中でサンドイッチごと幸せを噛《か》み締《し》めていた。

「これも美味しそうです。あ、こっちも！」

よほどお腹が空いていたのか、フレーチカは次から次へと新しいサンドイッチを作っては、自分で味見したりアルフォンスに食べさせてくれたりと、大忙しだ。

すっかり食べさせてもらう側に専念することになったアルフォンスは、妻のはしゃぎように目を細めている。

「……それにしてもフレーチカさん、結構食べるんだね」

妻に聞こえないようこっそり呟くアルフォンス。つまみ食いの範疇はとっくに越えてしまっている。大ぶりのバゲットはすでに三本消えてしまっていた。

フレーチカが風呂場で語っていた健啖家という話はどうやら真実だったらしい。

その後も色々と舌鼓《したつづみ》を打った結果、アルフォンスはすっかり満腹になってしまったが、フレーチカはおそらく腹八分目に満たないあたりで「このあたりでやめておきましょうか」と顔を赤らめてごちそうさまをしていた。

さすがに夫の前で豪快に食べすぎたことを遅まきながら自覚し、後悔したのだろう。先ほどまでのはしゃぎようが嘘のように静まり、赤面したまま押し黙ってしまった。

「ま、まあ、ほら、サウナに入るとお腹が空くって言うし、食事もいつもより美味しくなるとも聞くし」

「そ、そうですよね！　言われてみれば確かに、いつもよりお腹が空いていた気がしますし、いつもよりごはんが美味しかった感じもしますし、いつもより食べすぎてしまった感がありますよね！」

アルフォンスのフォローに、勢いよく頷くフレーチカ。

「こ、今夜は色々あって食べすぎてしまっただけで、普段はそこまでいっぱい食べたりしませんからね……？　本当ですからね……？」

そう言う割に、厨房から離れる際も、エプロンを脱ぎポニーテールを解いたフレーチカは、どこか後ろ髪を引かれている様子で厨房に残った料理をちらちら眺めていた。

腹八分目どころか、半分にすら満たなかったのかもしれない。

だが、今のアルフォンスには、そこまで気を回せるほどの余裕はなかった。

夫婦の初めての夜。入浴を終え、夕食も済ませた。

残るは就寝である。

夫婦二人きりで眠る。

今度こそ、間違いなく、初夜の時間だ。

アルフォンスは緊張に顔をひきつらせながらも、フレーチカを寝室へと連れて来た。

今までアルフォンスが寝室として使っていた部屋が、今夜から夫婦の寝室となる。

おそらくは姉たちの手配で使用人たちが入浴中に運び込んだのだろう、枕《まくら》が一つ増え、女物の寝間着の替えも数種類用意されていた。

長年慣れ親しんだ寝室のはずが、まるで別世界に迷い込んだかのような気分だった。

「よ、用意の良いことで」

思わず呻《うめ》き声が出てしまうアルフォンス。

対してフレーチカはというと、そんな夫の狼狽《うろた》えには気がつかない様子で、これから新しく自分の寝室となる部屋を、好奇心に満ちた眼差しで見回している。

「あ」

彼女が真っ先に見つけたのは、寝室の書棚だった。

書斎に収まりきらない書物の避難先として、領地経営にまつわるいくつかの文献が並べられ、アルフォンスの子ども時代からの愛読書なども交じっている。

フレーチカがふと手に取ったのは、そんな愛読書の一冊だった。

王国内でも有名な逸話で、守護竜であるエイギュイユにまつわる物語が記された本だ。

「これ、迷子の旅人と美食竜エイギュイユのお話ですね」

「子どもの頃はよくシルファ姉さんに読み聞かせしてもらった本だ。昔からずっとこの部屋の本棚に置いたままのやつ」

懐かしげにアルフォンスが言った。

と。

「わたし――エイギュイユのことが嫌いなんです。これも、今まで誰にも打ち明けることのなかった秘密のひとつです」

本を手に、フレーチカは自分の足元に目を落としながら、ぽつりと告白した。

守護竜を嫌うのは、王国の民としては珍しいことだ。なにせ相手はドラゴンたちの脅威から人類を救った英雄なのだから。

ましてや人間に転生したエイギュイユの血を引く王族の出であるならば、王家の批判にも繋《つな》がるため、決して口にしてはならない言葉でもあるはず。

「そうなんだ……」

フレーチカの告白にアルフォンスも驚きを浮かべたが、よくよく考えてみれば、ドラゴンブラッドが発現しなかったことで不義の子だと疑われたフレーチカにとっては、王族そのものに良い印象を持っていなくて当然だ。

ならば、そんな王族たちが絶対視している守護竜の存在を疎《うと》ましく思うのも、無理からぬ話だろう。

アルフォンスは自分の中でそう結論付け、この場は何も言わずに押し黙る。

「でも……」

するとフレーチカは、旅人と竜の物語を胸に、言葉を続ける。

「このお話だけは、なぜだか不思議と嫌いになれないんですよね」

小首を傾げ、微《かす》かにはにかみながら、フレーチカは言った。

「おれも、別段エイギュイユのことを信仰してるわけじゃないけど、その話は子どもの頃から結構好きだったよ。特に、旅人の作る料理欲しさにエイギュイユがわざとデタラメの道案内をして、旅人を迷わせるところが」

言って、アルフォンスはふと思う。

「そういえばフレーチカさんも食いしん坊だったよね」

「もう！」

先ほどの健啖ぶりを蒸し返すようにそう言うと、フレーチカは途端に顔を真っ赤にし、恥ずかしげに頬を膨らませ、持っていた本を隠すように本棚へと戻した。

そんな新妻のほほえましい姿を前に、しかしアルフォンスの緊張感は膨れ上がっていた。

なにせ、良いムードなのである。

お互いのことをほとんど知らないまま結婚してしまった二人だが、すでに距離がかなり縮まっている。少なくともアルフォンスはそう確信している。

つまりは、今から初夜を始めるのに申し分ない雰囲気だということだ。

そして、お預けのままとなっている誓いのキスのことも。

思わずごくりと生唾を呑《の》み込《こ》むアルフォンス。

「そうだ。わたし、服にパンくずが付いてしまったので、新しく着替えていいですか？」

「も、もも、もちろん」

替えの寝間着を選び始めるフレーチカを横目に、アルフォンスは尻込《しりご》みしながらもベッドに腰掛ける。

今朝《けさ》もこのベッドで目覚めたはずなのに、今まで愛用してきたベッドが急に自分のものではないような錯覚に襲われていた。

一方、フレーチカが新たに選んだのは、用意された中で一番大人しいデザインの白絹《しらぎぬ》の寝間着だったが、生地が薄く、身に纏えば体型が丸わかりになりそうな代物だった。

フレーチカが着れば、胸元と腰のラインがくっきりと浮かび上がるに違いない。

「明かり、消しますね」

替えの寝間着を手にしたフレーチカが、そう言って部屋のランプに歩み寄る。

彼女がふっと息を吹きかけ小さな炎を消し、部屋は暗闇《くらやみ》に沈む。

そうして聞こえる、微かな衣擦《きぬず》れの音。

今は明かりが消えたばかりで暗闇に目が慣れておらず、アルフォンスがフレーチカの着替えの様子を見て取ることは出来ない。

が、彼女がこの暗闇の中で裸身を晒しているのは紛れもない事実。そう思うだけで、アルフォンスの心臓がバクバクと高鳴り始める。

なにせ初夜だ。

これから夫婦が何をするのかくらい、当然だがアルフォンスも知っている。未経験ではあるが知識として知ってはいる。

――いや、まずはキスが先じゃないか？

――まだ口づけすらしていないんだから、その先は自分たちには早くないか？

そうした逡巡が瞬く間にアルフォンスの脳裏を駆け巡る。

「隣、失礼しますね」

同じベッドに腰掛けるフレーチカの長い黒髪がこぼれる音が耳へと届く。

「お、おいでください」

アルフォンスは生唾を飲みこみながらベッドに潜りこみ、片側を空ける。

「お、お邪魔します」

フレーチカも若干緊張した様子で、ベッドに入った。

そして。

数十秒と経《た》たないうちに、フレーチカは寝息を立て始めた。

「いや早！」

思わずアルフォンスも声が出る。

しかし、その程度ではフレーチカは目覚めない。

間近で寝顔を覗《のぞ》き込んで確認してみたが、完全に爆睡している。

「まあ、王都から一人で逃げて来たようなものなんだから、疲れていて当然か……」

アルフォンスはため息をこぼしながら、自らも枕に頭を預けた。

眠るフレーチカの腕が、アルフォンスの腕に触れる。

「そんな状態で今さっきようやくお風呂に入って、しっかりご飯も食べたんだから、誰だって気持ち良く眠りたいよな……」

フレーチカの安眠のためになればと腕を相手に預けるアルフォンス。

すぐにもぎゅっと腕は抱き締められ、フレーチカの柔らかな胸が押し当てられた感触にビクッと驚きながらも、妻の好きなように身を任せる。

「んん……」

フレーチカは自分の手をアルフォンスの手と重ね、指を絡《から》ませてくる。

「初夜だけど、手を繋いで眠るだけの夫婦がいてもいいか」

内心ドキドキしつつも、アルフォンスはフレーチカの寝相を快く受け入れた。

「どうぞどうぞ」

「ん」

少しばかり興奮しながらも為《な》すがままにされるアルフォンスと、それで安心したように満足そうな寝息をこぼすフレーチカ。

「どーぞどーぞ」

初めての逢瀬を始める緊張感に比べたら、抱き枕にされるくらい何でもない。アルフォンスは余裕を持って身を任せていた。

だが、今度はフレーチカの脚が、ゆっくりとアルフォンスの下半身に絡みついてくる。

「ど、どうぞ」

無抵抗のアルフォンスの脚と脚の隙間《すきま》に、フレーチカの脚が滑り込む。

些細《ささい》な刺激を受けただけでどうにかなってしまいそうな中、自らの太ももにフレーチカの太ももが押し当てられる。

結果、とてもではないがアルフォンスは眠るどころではない状態に。

「フレーチカさん、寝てるとその、積極的なんですね……」

興奮を紛らわせるべく冗談交じりでそう言うアルフォンスだが、相手は熟睡しており、当然ながら返答はない。

「っ⁉」

代わりに、耳たぶに唇を押し当てられた。

「いやいや、これ以上はどうぞどうぞなんて言ってる場合じゃない……」

しかし、抵抗するにはもう遅い。

腕と指は絡め取られ、脚の自由も奪われ、胸が体にこれでもかと押し当てられ、挙句の果てにフレーチカの唇がはむはむとアルフォンスの耳を甘噛みしている。

「フレーチカさん、もしかして寝相悪め？」

やはり返答はない。

が、さすがにこの秘密は当人も打ち明けようがないだろう。眠る自分の姿を自分の目で直に見物することは誰にも出来ないのだから。

「おいし……」

耳元で寝言が囁《ささや》かれた。

なんとか抵抗を試みたいアルフォンスだったが、体の疲労と心労を背負ってようやく安眠できたフレーチカを起こすわけにもいかない。

「んー……はむっ……」

耳を甘噛みされ続ける中、アルフォンスは悟る。

記念すべき夫婦の初夜は、おそらく一睡もできないだろう、と。

第三章　ファゴットの蛇蝎姉妹

現在、次期国王は第一王子である王太子ブリジェスになると目されている。

彼の配下には、独自の私兵で構成された直轄部隊が存在する。隊員全員が既婚者で構成され、誰《だれ》もが実戦向きの強力なホーリーギフトを発現している。

武闘派で知られ王国最強と名高い第二王子――単独での戦闘力が一国の軍隊に匹敵《ひってき》する――を除けば、王国内でもトップクラスの戦闘集団だろう。

ただし、表舞台に彼らの名が出ることはない。

あくまで彼らは王太子の私兵であり、王国正規の騎士団や魔術師団ですらなく、時には王侯貴族の醜聞の後始末を任せられる立場にあった。

部隊名すら無い。王太子からは影とだけ呼ばれている。

影の部隊の分隊長であるシックス――当然これもコードネームだ――は、今回王太子から拝命した任務になんの疑問も持っていなかった。

歳《とし》は四十代後半といったところ。短く刈り込んだ灰白色《かいはいしょく》の髪と、同じく短く揃《そろ》えた髭《ひげ》が特徴的な大柄な男だ。王太子に仕えてもう二十年になる。主《あるじ》の命《めい》を疑ったことは一度もない。

下された命令はひとつ。

『ファゴット領に逃げ込んだ第六王子お付きのフレーチカという名の侍女を、必ず生きたまま無傷で連れ戻せ』

たかが侍女の確保をわざわざ王太子が命じるというのは、シックスも訝《いぶか》しいとは思った。

そのために影の分隊が動いているというのも、いささかやり過《す》ぎではある。

しかし、王族には醜聞も多い。

現に十数年前には、第二王子の妻が別の男と不貞を働き、王家の血を引かぬ不義の子を身ごもったという噂もあったくらいだ。

噂が事実かどうかはシックスには興味もない。だが、そういう下世話な噂話を広めようとした貴族を黙らせる任務に就いたことならある。

大方その侍女とやらも、世に広められては困るような王族の醜聞を知ってしまったのだろう。

生かして捕えろというのは面倒だったが、侍女を連れ戻す程度、難しい話ではない。

――逃げ込んだ先がファゴット領でなければ。

「今回ばかりは余計な遊びもなしだ。王太子殿下より賜った任務を忠実にこなせ」

ファゴット領に入ると同時に、シックスは部下たちにきつく言い聞かせた。

普段は部下の息抜きに多少の遊びを許容している彼だが、今回は別だ。

「隊長。今回の任務、いつになく緊張されているご様子で」

「当然だ。情報では件《くだん》の娘はファゴット家の屋敷に向かったという。第六王子殿下の侍女であるならば、頼った先は殿下の妃であったベルファ・ベリアール・ファゴットだろう」

部下に対し、唾棄《だき》するようにその名を忌々しげに呟《つぶや》くシックス。

「それはもしや、ドラゴンブラッドを掠《かす》め取ったという魔女ですか？」

「ああ。伴侶と死別した際、その相手が元々有していたギフトや能力を全《すべ》て我が物とするなどという、まさに魔女と呼ぶに相応《ふさわ》しいギフトの持ち主だ」

王国が誕生して以来、王家以外の人間にドラゴンブラッドが発現したことはない。

ベルファ・ファゴットは王国史上初、王家の血を引いているわけでもないのにドラゴンブラッドを外部に持ち出した女、ということになる。

せめて彼女が第六王子の遺児を身ごもっていれば王族の一員として王家に居続けることも許されただろうが、亡き第六王子は病弱だったためその可能性は極めて薄く、やはり実現しなかった。

ベルファという埒外《らちがい》の存在を王家が黙認しているのは、自分の死後も妻の身の安全を強く求めた第六王子の遺言ゆえだ。

老齢である国王は、末の子であり聡明だった第六王子のことを心底愛していた。だからこそ息子の最期の言葉を受け入れ、ベルファの処遇を実家に戻すだけに留めた。

だが、現在の国王が崩御し、王太子が後を継げば、おそらく内密に始末を命じられるだろう。

少なくともシックスはそう考えている。

ドラゴンブラッドが王家の外に存在していることは、それほどまでに由々しき問題であると王太子は判断するだろうし、影はそんな主の不安を取り除くために存在している。

「いつかは事を構えることになるであろう相手かもしれんが、俺《おれ》自身、ドラゴンブラッドの持ち主と戦ったことはない。当然と言えば当然だがな」

「それは……そうでしょう。これまでならば、守護竜エイギュイユが遺した至高の恩恵であるドラゴンブラッドの保有者は王族に限った話。王太子殿下直轄の我々が、彼ら王族に剣の切っ先を向けるなどあり得ません」

王国は常にドラゴンブラッドの恩恵を受けてきた。

王国最強と謳われる第二王子の戦闘力も、防御力は彼のホーリーギフトに裏打ちされたものだが、攻撃力に関してはドラゴンブラッドの力によるところが大きい。

数年前、他国の侵攻軍を単騎で滅ぼした逸話は、王国内では有名だ。

代々の王族たちを英雄足らしめたドラゴンブラッド、それを敵に回す可能性があると思えば、戦闘経験豊富なシックスでさえ、緊張を滲《にじ》ませるのは当然と言える。

だが——

「しかし……しかしだ。我々が最大限警戒しなければならないのは妹のほうではない」

シックスは忌々しげに言い放った。

次の瞬間。

暗闇《くらやみ》の静寂の中、ファゴット家の屋敷へと向かって密かに侵攻を開始していた彼らの前に、一人の美女が立《た》ち塞《ふさ》がる。

それは突然。

本当に、一切《いっさい》の前触れすらなく。

まるで瞬間移動でもしたかのように何の脈絡もなく、闇《やみ》の中に、目にも鮮やかな赤の色彩を纏《まと》った美女が現れたのだ。

「……は？」

「こんばんは」

間の抜けた声を上げたのは、シックスの部下の一人。

そんな部下に対し、美女は朗らかな声で会釈する。

そして、笑顔を浮かべたまま、彼女は影の隊員の一人を全力で殴り飛ばした。

シックスの目に映ったのは、ガードが間に合った部下の両腕がたった一撃で歪《いびつ》に粉砕される瞬間と、その勢いのまま近くの林の中へと吹き飛んで消えていく部下の姿のみ。

まるで、かつてこの世界の覇者であったドラゴンの巨大な尾で薙《な》ぎ飛ばされたかのような、そんな無慈悲な一撃だった。

現れたはずの美女は、暗闇に真紅の髪を翻《ひるがえ》し、再びその姿を掻《か》き消していた。

「全員、戦闘準備！」

シックスは声を荒らげながらも警戒の言葉を叫んだ。

「まさか、これがドラゴンブラッドか！」

別の部下が悲鳴に近い戦慄《せんりつ》の叫びをこぼす。

が、違う。

シックスも何度かドラゴンブラッドの発現を目にしたことがある。

雷に打たれて浮き上がる樹状図《じゅじょうず》のように全身の血管が浮き出て、魔力を帯びた発光現象により禍々《まがまが》しいまでに赤く輝く。

暗闇の中での戦闘ならば、血の巡りに応じ、常に不気味な輝きを放つはず。

にもかかわらず、今しがた現れて瞬く間に影の一人を打ち倒した赤髪の美女に、そうした身体変化現象は起きていなかった。

「アレは長女のほうだ！」

叫ぶシックス。

それが、彼の意識が途切れる前に放たれた、最後の言葉となった。

言葉が終わると同時に、自分の眼前に繰り出された強烈な蹴《け》りの一撃を、はたして彼は視認できただろうか。

顔面をひしゃげさせながら、シックスもまた、先ほどの部下と同じく吹き飛ばされた。

美女の体術はあまりに鮮やかであったが、人体が出せる力と考えるには破壊力があり過《す》ぎる。とても人間の芸当ではない。

しかし、早くも隊長を失った影の面々が目にしたのは、怪物と呼ぶのも躊躇《ためら》われるほど天真爛漫な美貌を持った女の姿だ。

真《ま》っ赤《か》なドレスの裾《すそ》を翻し、ガーターベルトに包まれた脚線美で、今しがたシックスを文字通り一蹴した、その美女。

そう、ドレス姿だ。

とても戦闘に際して着るにはそぐわない、彼女の髪の色と合わせた豪奢《ごうしゃ》な真紅のドレス。

それを身に纏《まと》った人物こそ、今回の影の任務で最大の障害となると予想されていた、ファゴット家長女。

シルファ・ルシフェル・ファゴット。

「今うちの弟は色々あって疲れてて、お嫁さんとぐっすりお休みしてるから、邪魔して起こしちゃダメだよ？　お姉ちゃんだって我慢してるんだから」

彼女はどこか不機嫌そうに唇を尖《とが》らせた。

「でも、ベルファの薦めだからと言って、生まれたときからずーっと大事に大事に面倒見てきた大好きなアルくんを、余所の女の子とくっつけちゃうなんて、やっぱり早まったかなぁ」

世間話でもしているかのようにシルファは言う。

否。

確かに彼女は、単なる世間話に興じただけだ。

その間、すでに追加で二人の影を瞬く間に殴り倒し、蹴り倒していたのは、シルファにとってはついででしかない。

肩甲骨の回転だけで無造作に放たれる高速の拳《こぶし》と、女性特有の大きめの骨盤により実現する脚部の可動域の広さ、速度と範囲を兼ね備えた、まさに人型の凶器。

「お姉ちゃん心はいつも複雑なんだよねー」

苛立ちの八つ当たりと言わんばかりに、振り下ろされたシルファの拳が五人目の犠牲者を生んだ。

哀れ、彼は地面に顔面を埋没させて気絶している。

「まあでも、そんなアルくんのお嫁さんになってくれたフレーチカちゃんは、お姉ちゃんにとっても新しい妹なんだから、優しくしてあげないとだし、現にフレーチカちゃんいい子みたいだし、仲良くしなきゃなーって。うーん複雑ー」

次いで六人目。

シルファに羽交い絞めにされたまま、全身複雑骨折で再起不能。

この怪力無双が、ドラゴンブラッドとは無関係。その事実に、部隊の半数を一分足らずで失った影の面々は、一様に戦慄していた。

「あれが、シルファ・ルシフェル・ファゴット……」

「我が国で唯一『再婚禁忌《きんき》指定』を受けた怪物の力か……！」

そう言った二名が瞬殺された。最早、拳か、脚か、あるいはそれ以外の一撃かさえ、周囲には見えないほどの速度で。

「初対面の女の子を呼び捨てにするとか、あまつさえ怪物呼ばわりとか、いやいやいやいや、いくらなんでも笑っちゃうくらい失礼でしょ？」

本当に笑いながらシルファは呆《あき》れた様子で肩をすくめた。

再婚禁忌指定。

その名の通り、ホーリーギフトの危険性が高すぎるあまり、国の名のもとに再婚を禁じる処分である。

現在の該当者は一名のみ。

それが自分たちの前に立ち塞がっている女だということを、王太子直轄部隊の面々は嫌でも理解せざるを得なかった。

『略奪』――婚姻を結んだ相手の能力やギフトを、文字通り永続的に奪うギフト。

シルファが最初に嫁いだのは、王国で最も頑強無比な肉体を代々誇り、烈拳と呼ばれるほどの体術を極めた名門貴族だった。

武術とは無縁の令嬢でしかなかったシルファは、その日を境に、烈拳の一族が受け継いできた体術と身体能力の全てを、最初の夫に発現した肉体強化のギフトとともに手に入れた。

無論、烈拳の一族がその所業を黙って見過ごすはずもない。先祖伝来の奥義の数々が一夜にして奪われたのだ、家名にかけて盗人に報復しようとするのは当然だろう。

シルファはすぐさま逃げた。

しかも離婚すると同時に、自分のギフトの噂が王侯貴族たちの間で広まるより早く、次の夫のもとへと嫁いだのだ。

二番目の夫は、烈拳の一族と双璧を為《な》す武門の名家、剣聖の一族。

剣聖と烈拳の一族は互いに反目し合っており、宿敵に嫁いだ花嫁を奪えるならばと、すぐにもシルファとの婚姻を結んだ。

そしてまたしても、長き歴史にわたって研鑽を積み上げてきた最上の剣技の全てが、一人の花嫁に奪われた。

三番目の夫は、大賢者の一族。王国で最も卓越した魔術師の名門だ。シルファは同じ手口で離婚と再婚を繰り返し、門外不出の大魔法の数々を我が物とした。

王国最高の筋力、瞬発力、魔力、そして体術、剣術、魔術の全てを得、赤い蛇と忌《い》み嫌われたシルファ・ルシフェル・ファゴット。

ひと月のうちに三度の結婚と離婚を繰り返したシルファは、当然、全ての所業が明るみになった後、烈拳、剣聖、大賢者の三つの一族から報復を受けることとなる。

が、その全てを単身返り討ちにした。

結婚前まで食器より重い物を持ったこともなかった令嬢が、王国史に華々しい戦績を残していた武門の名家の精鋭たちを、力だけで捻《ね》じ伏せたのだ。

三種のギフト、そして体技と剣技を魔法によって飛躍的に増強させたシルファの前に、敵《かな》う者はいなかった。

この不祥事が耳に届くや否や、国王は各貴族のシルファへの報復を禁じ、その代わりとして彼女がこれ以上の力を持たないよう再婚禁忌指定の処分を下した。

その程度の処遇で済んだのは政治的判断だ。

シルファの双子の妹であるベルファが同時期に第六王子に嫁ぎ、王家の態度が軟化したこと。

そして、武門を誇るあまり増長していた名門貴族の弱体化を、王家が狙《ねら》っていたこと。

これら二つの要因があって、寛大とも言える幕引きとなったのだ。まあ、第六王子の没後、ファゴットの名は再び地に墜ち、悪名として王国中に広まるのだが。

当然、影の面々もシルファの悪名は嫌と言うほど知っている。

部隊の中にも武門の名家の出の者は多く、自分の生家がシルファに返り討ちにされた事件は一族の汚点として彼らの心にも深い傷を残している。

しかし、その当事者を前にして、復讐心はまったく呼び起こされなかった。

一個の生物として、戦闘力が違いすぎる。

それでも、家名の誇りが畏怖を凌駕した者はいた。

大賢者の家系と思しき魔術師が杖《つえ》を手に、震える声で攻撃呪文の詠唱を試みる。

――が。

「はいダメ～」

瞬間、全身の伸筋をリラックスさせていたシルファが、流れるような重心移動とともに地を蹴って魔術師に肉薄。同時に、揃えて突き出された右の人差し指と中指が、呪文を唱える相手の咽喉《のど》にずぶりと食い込んだ。

さながらそれは、獲物の急所に即座に喰《く》らいつく毒蛇の牙《きば》のよう。

無論、発声器官をやられては呪文詠唱どころではない。

呪文さえ中断させてしまえば、いかに強力な攻撃魔法と言えど不発に終わる。

まさに体術を極めた者だけが会得できる、詠唱殺しの秘技だ。

もっとも、原理は単純明快ながら、この技を実戦でこともなげに使用できるほどの武芸者が、世界に果たしてどれだけいるだろうか。

次いでシルファは、咽喉を押さえて蹲《うずくま》る魔術師の脳天目掛けて踵《かかと》落としを放ち、意識諸共、その顔面を地に捻じ伏せる。

「もうすっかり減っちゃったけど、あなたたち、王太子殿下の私兵だよね？」

ドレスのスカートが大胆に翻る中、シルファは哀れな魔術師の頭をヒールで踏みつけながら、怖気《おじけ》づいた精鋭部隊へと退屈そうに話しかけた。

あくびを噛《か》み殺《ころ》すために口元を隠した左手には、人差し指、中指、小指に、それぞれ指輪が嵌《は》められている。

この世で最も硬いアダマンタイトを素手で加工した、烈拳のリング。

伝説級の魔剣の素材に用いられるオリハルコンを鍛えた、剣聖のリング。

魔力の増幅媒介として破格の性能を誇る賢者の石をあしらった、大賢者のリング。

それらはまさに、シルファが戦利品として勝ち取ったトロフィーのようですらあった。

「ど、どうして我々がファゴット領にいると知っている……！」

「うん、遠見《とおみ》の魔法で見えたからね。それに、王都にいるお爺ちゃんから、悪い奴《やつ》らがフレーチカちゃんをさらいにやって来るって伝言もあったし。だから、うちの所領の隅から隅まで、ずっと監視してたんだよ」

そう言ったシルファの紅の瞳《ひとみ》が、魔力を帯びて爛々と輝く。

大賢者の一族から奪った透視の魔法だろう。だが、決して大きくないとはいえファゴット領

の隅々を数時間にわたり全て監視するとなると、どれほど莫大な魔力が必要なのだろうか。

しかも彼女はこの戦闘で、一切の攻撃呪文は唱えておらず、剣技すら見せてはいない。披露したのは体術のみ。つまり、本来の実力の三分の一も発揮していないということ。

にもかかわらず、王国随一の戦闘部隊を相手に、片手間で圧倒している。

その事実に、部隊の生存者は骨の髄から恐怖した。

「ねえ知ってた？　入浴後はちょっとくらい体を動かしたほうがぐっすり眠れるし、美容にもいいんだってー」

あどけない表情でシルファは無邪気にほほえむ。

そしてそれが、直後に意識を刈り取られた影の部隊が目にした最後の光景となった。


次にシックスが目覚めたのは地下室だった。

縄で椅子《いす》に縛りつけられ、体の自由を奪われている。

先ほどの戦闘で意識を失う際、顔面を襲った激痛は、今はもうない。

縛られたままの腕を少し動かして、自らの肩を頰《ほお》に当てる。が、血が付いた様子はない。どうやら回復魔法で治療された後のようだ。

「お目覚め？」

おそらくその魔法もまた、目の前の美女――シルファの手によるものなのだろう。

「……俺を捕まえてどうする気だ」

周囲に部下たちの姿はない。

もっとも、眼前にいるシルファが無事な以上、彼らの敗北を疑う余地はない。むしろ、強襲を受けた時点で勝てる見込みすらなかった。

「自白魔法をかけたからね、知っていることは全部教えてもらおうと思って」

「他の者は？」

「知らない。あのまま街道沿いで寝てるんじゃないかな？　おじさんだけ、瞬間転移魔法でうちの屋敷に連れて来たの」

シルファはこともなげに言った。

彼女の襲撃時、その姿が突然現れたように見えたのも、大賢者の一族が有する転移魔法だったのだろう。

ファゴット領全域を監視するだけの遠見の魔法と、どこにでもすぐさま駆けつけることの出来る転移魔法の組み合わせを相手にしては、いかにシックスたちが手練《てだ》れであったとしても、闇に紛れてフレーチカを攫《さら》うなど不可能の極みだ。

「最初に言っておくが、自白魔法を使われようと、俺はたいした情報を持ってはいない。それは部下たちも同じことだ。主である王太子殿下より、フレーチカなる名の侍女を生かして連れてこいと、そう命じられただけだからな」

シックスは朗々と白状した。

すでに自白の効果は発揮されているようだ。王太子が主だと素直に口にしたのがその証拠。しかし逆に言えば、フレーチカの件に関してそれ以外に隠さなければならない情報をシックスは一切持っていなかった。

「ほう」

シックスの自白が聞こえたのか、地下室の外にいた新たな美女が、室内へと入って来た。

目つきの鋭さと髪型に若干の違いがあるが、シルファと瓜二つと言っていいその風貌を見て、シックスはすぐに悟る。

「ファゴット家の次女、ベルファ・ベリアール・ファゴットとお見受けする。俺も王家に仕える身、元とはいえ妃殿下とお呼びすべきかな？」

「無用の配慮だ。我が生涯ただ一人の夫が永い眠りについた時点で、すでに王家にはなんの未練もない」

ベルファは冷めた眼差《まなざ》しでシックスを見下ろした。

真紅の豪奢なドレス姿のシルファと違い、こちらは喪服のような黒のドレス、しかも飾り気のないシンプルなデザインの出で立ちだ。

夫に先立たれたベルファは、弟や姉、そして屋敷の者を除き、人前に姿を見せるときは必ず黒の衣装に身を包んでいる。

「もっとも、我が夫が大事にしていた姪は、あのまま王家に預けておいては身の危険すらあったのでな。私が手厚く保護することにした」

「……姪だと？」

「ベルファ、このおじさん自白魔法かけられてもフレーチカちゃんのこと侍女呼ばわりしていたから、きっと知らないんだよ。フレーチカちゃんが第二王子の娘だって」

シルファのあっさりとした言葉に、ベルファも、そしてシックスも苦虫を噛み潰《つぶ》したような面持ちを浮かべた。

「シルファ、この男に教える必要はなかっただろう」

「えー、先に言ったのはベルファでしょー？」

咎《とが》めるベルファ。

だが、シックスが苦々しい顔つきになった理由は別だ。

「……そうか。第二王子殿下の奥方様が不義の子を産んだという噂は、事実だったわけか」

彼は何かを諦《あきら》めるように大きくため息をこぼした。

「不義の子などと決めつけるな。たかがドラゴンブラッドが発現しなかっただけだろう」

「それが何よりの証拠ではないか。ドラゴンブラッドは王族のみが発現し得る、王の高貴なる血の証明だ」

「そんなことはない。何事にも例外はある。ドラゴンブラッドくらい私にだって出せる」

ベルファがそう言うや否や、暗室に赤い明かりが灯った。彼女の体を巡る血管という血管、そこに流れる赤い血が、薄らと輝きを発し始めたのだ。

「まあ……事実がどちらであろうと俺にはもうどうでもいい話だ。王太子殿下は、俺が王家の醜聞を知った以上、たとえ任務に成功しようと生かしておいてはくれまい。殿下のお抱え魔術師も自白魔法は使えるからな。ならば、ここでお前たちに殺されようと、王都に帰って殿下に処分されようと、同じことだ」

「他にフレーチカにまつわる情報は？」

「あればすでに口にしている。自白魔法をかけられているのだからな」

半ば自暴自棄となった口調でシックスは言った。

「家族はいるのか？」

「いるが、所詮ギフト婚だ。まあ、王太子殿下に処分されるより、ここで始末をつけてもらったほうが、俺の家族にとっては幸運だろうな。このまま王都に戻っては、秘密を知ってしまった俺ごと家族が闇に葬られる可能性すらある。だが、任務中に死んだ者の遺族を咎めるほど殿下は理不尽な方ではない」

いつになく饒舌なのは、やはり自白魔法のせいらしい。

普段は寡黙なシックスは自らの口数の多さに自分でも驚いている様子だった。

「……」

「あちゃー、それは可哀想《かわいそう》だねー」

沈黙するベルファとは対照的に、シルファはあくまで他人事のようにあっけらかんとした物言いでそう言った。実際、彼女はシックスやその家族の境遇など無関心なのだろう。

「可哀想だと思うなら任務で命を落としたことにして欲しい。ギフト婚とはいえ、愛情の一つや二つはある」

より強力なホーリーギフトが発現するよう、血筋にまつわる能力の相性が良い者同士で婚姻を結ぶことは多い。特に、政略結婚が日常化している貴族の令息や、シックスのように戦闘面での活躍が期待された兵士にとっては、半ば当たり前のことであった。

「えー、お姉ちゃん別に人殺しになりたいわけじゃないしー」

心底嫌そうな顔でシルファは言った。

「俺の部下たちを壊滅させておいてどの口が言う」

黙っておくつもりだったが、やはり自白魔法のせいだろう、シックスは素直に本音を口にしてしまった。

「誰も殺してないもん。半殺しにしてその辺に放置してきただけだもん」

不貞腐れるシルファはまったく悪びれない。

「じゃあこうしようよ、死んだことにして、うちの屋敷で執事やってもらうの。だってこのおじさん、よく見たらなんかちょっと執事っぽいし！」

「執事っぽい……？」

「執事っぽいか……？」

唐突なシルファの提案に、思わずベルファとシックスは顔を見合わせる。

「まあ、死んだことにしてくれるなら、俺に異論はない。どうせ捨てるつもりの安い命だ、お前たちの好きにしてくれ」

そして渋々ではあったが、シックスはため息とともに、項垂《うなだ》れるように頷《うなず》いた。


こうして、ファゴット家の屋敷に執事が新しく一名増えた。

そして彼は、勤務初日からとんでもない光景を目にすることとなる。

事件は早朝に起きた。

アルフォンスとフレーチカの二人は、昨晩ファゴット領で起こった戦闘のことなど知りもしないまま、初夜を終えて朝を迎えていた。

「朝だよー！　おはようお姉ちゃんの時間だー！」

夫婦の寝室に、朝から元気よく飛び込んでくる自由すぎる人物が一人。

シルファだ。

なぜか手に歯ブラシを持って、満面の笑みで弟夫婦の寝所にやってきたのだ。

「姉さん……非常識だろ……」

目の下に凄《すさ》まじいクマを作ったアルフォンスが、非難交じりの眼差しを姉へと向けた。

「えーなんでー、朝はいつもお姉ちゃんの時間でしょー？　きのうの朝もアルくんの歯磨きはお姉ちゃんがやってあげたよね？」

「いやだから……きのうときょうとで決定的に違っていることがあるだろ？　いきなり夫婦の寝室にやってきて、たとえばその、ごにょごにょ……なんてことになってるかもだろ」

羞恥《しゅうち》に頬を赤らめながらも文句を口にするアルフォンス。

だが。


「心配ないよね。だってまだキスすらしてないでしょ？　お姉ちゃん全部知ってるよ？」

シルファは全てを見ていたと言わんばかりにそう言った。

顔は笑っているが、目はまったく笑っていない。

「…………あの、シルファ姉さん？」

姉から放たれる謎《なぞ》の威圧感に、赤くしていた顔を一気に青ざめさせるアルフォンス。

「なんだアルフォンス。妻と寝所を同じくして初夜まで迎えたというのに、お前たちはまだ口づけすら交わしていないのか？」

　そんな弟へと、シルファの背後から現れたベルファが、呆れた眼差しを向ける。

「それにしてもシルファのやつ、昨晩はほぼ寝ていないというのに、朝から元気だな」

　ベルファは眠そうにあくびを噛み殺した。そして、疲れや眠気をまったく感じさせないでいる双子の姉の姿を、驚愕《きょうがく》の面持ちで眺める。

「はーい、フレーチカちゃん、あーんしてー」

　シルファは今まですやすやと眠っていたフレーチカを揺り起こし、寝惚け眼で上体を起こした彼女の口を開けさせ、口内に歯ブラシを突っ込んでいた。

　幼い頃から彼女は心を許した相手の歯磨きをするのがなぜか大好きなのだ。アルフォンスもベルファも数えられないほどお世話になってきた。

「ほーら、わしゃわしゃわしゃわしゃ」

「うゅ……あー……」

　まだ眠り足りないのか今もうつらうつらしているフレーチカは、シルファにされるがままの状態で歯を磨いてもらっている。

　気を良くしたシルファは、動物の硬質な荒い毛で作られた歯ブラシでもって、上顎の奥歯や、下顎の前歯の裏側など、甲斐甲斐しく歯磨きを徹底していく。

「よしよし。髪も梳《す》いてあげなきゃ。寝癖ついちゃってる。お姉ちゃんに任せておいて」

「フレーチカさんはまだ疲れが取れてないんだから、寝かせておいてやりなよ」

「むっ、アルくんはお姉ちゃんに逆らうつもりなの？」

じろりと睨《にら》まれ、アルフォンスは若干鼻白む。

既婚者になったとはいえ、姉弟の上下関係は今も健在だ。

「だいたい、ファゴット家のお嫁さんになったからには、フレーチカちゃんにもそれなりの自覚を持ってもらわないと、なんだからね！」

「またそんな小姑みたいなことを言い出して……」

シルファの言葉にベルファも頭を抱えていたが、双子とはいえ力関係はシルファのほうが上だ。こういうとき、ベルファは強く出られない。

と、そんな中。

「皆様、朝食の支度《したく》が整いました」

執事が一同を食卓に呼びにやって来た。

灰白色の髪と髭が特徴的な、やたら目つきの鋭い四十代後半ほどの執事だ。アルフォンスにとっては知らない顔だった。

「誰……？」

「ああ……新しい執事だ。シルファが思いつきで雇った」

「シルファ姉さんの思いつきなら、誰も逆らえないか」

「そういうことだ」

訝しむアルフォンスに対し、ベルファが答えた。まさかその執事の正体が、自分の妻を攫いに来ていた襲撃者だとは、アルフォンスは夢にも思わないだろう。

「ほらシルファ姉さん、朝食が出来たってさ、フレーチカさんで遊ぶのは後にして、支度をさせてくれないか。おれたちまだ寝間着のままなんだし」

「ぶー！」

宥《なだ》めながら姉を止めようとしたアルフォンスだが、なにせシルファは王国でもトップクラスの身体能力を有する規格外の存在だ。

凡人でしかないアルフォンスが腕ずくで止められるはずもない。

が、次の瞬間。

寝惚けたままのフレーチカから、アルフォンスはシルファを引き剝《は》がした。

そしてそのまま、姉の体を片手で軽々と吹き飛ばしてしまった。

「……え？」

その光景に、張本人であるアルフォンスが目を剝く。

突き飛ばすつもりなど毛頭なかった。ただ、軽く押し退ける程度のつもりだった。

「……ええ？」

次いでベルファも目を剝《む》いた。

シルファの怪物じみた身体能力を誰よりも良く知るだけあって、驚きも人一倍であった。何せ彼女がドラゴンブラッドを発動させても、純粋な力勝負でシルファに勝ったことなど一度として無かったのだから。

「……ええぇ？」

遅ればせながら執事のシックスも目を剝いた。

昨晩、己《おのれ》が率《ひき》いていた王太子直轄の精鋭部隊を相手に一騎当千の戦闘力を見せていた怪物が、ああも容易《たやす》く吹き飛ばされたのだから、無理もない。

「……むにゃ」

解放されたフレーチカは何事もなかったかのようにそのまま二度寝した。

そして、シルファはというと。

「きゅ～……」

赤い蛇と恐れられた王国随一の女傑は、不意打ちとはいえ弟に腕を引かれただけで簡単に投げ飛ばされ、壁に激突してめり込んだまま、目を回して気絶していた。

ホーリーギフトを発現してから、彼女が気を失うほどのダメージを負ったのは、これが初めてのことだ。ましてや、一撃で倒されたことなどあるはずもない。

おそらくシルファ自身、自分の身に何が起きたか分からないまま意識を手放してしまったことだろう。

寝室に沈黙が訪れる。

誰もが現状を正しく理解できていないが、一目瞭然で分かることが一つだけあった。

命を賭《か》けた本気のやり取りではなかったとはいえ、あのシルファ・ルシフェル・ファゴットを一撃で倒せるほどの力を、アルフォンスが持っているということ。

「ど、どういうことだ？」

さしものベルファも動揺を隠せない。

アルフォンスのギフトである『愛の力』は、伴侶を愛した分だけ自分の能力を高め、さらに重婚して伴侶を増やせば増やすほど、相乗的に力が増すという能力だ。

しかし、アルフォンスと婚姻関係にある伴侶は、未《いま》だフレーチカ一人。

複数人を愛することなくたった一人だけを愛したとしても、それが深い愛情ならば確かに大きな力を得られる可能性を秘めたギフトかもしれない。

とはいえ、これほどの力を発揮できるとなると――

「まさか……いやそんなまさか……まだ出会って丸一日も経《た》っていないんだぞ……」

ベルファが驚愕の眼差しをアルフォンスへと向ける。

伴侶を愛した分だけ全能力が向上するギフト。

確かに、上昇の上げ幅がどれほどのものなのかは、誰も確かめていなかった。

「おれって……」

アルフォンスもまた、驚きの破壊力をいつの間にか秘めてしまった自分の掌を見下ろし、愕然とした声で唸《うな》る。

「おれってまさか……そんなにチョロかったのか？」


出会って数分でプロポーズを決めた。

互いの将来を誓って指輪の交換をし、いっしょに入浴もした。肩を並べて食事もした。

寝所を共にして、体を寄り添い合わせて、良い匂《にお》いに包まれて、眠るに眠れなかった。

何より、彼女の秘密を打ち明けられた。

でも、たったそれだけ。

まだキスすらしていない関係だ。

にもかかわらず、スライム一匹倒したこともないアルフォンスは、一夜にしてシルファをも超える身体能力を獲得してしまったのだ。

となれば考えられる可能性はただ一つ。アルフォンスの惚《ほ》れっぽさが、常識を遥かに凌駕していたということになる。

新たな主の強さを間近で目に焼き付けたシックスは、気まぐれで拾われた命に感謝しつつ、「アルフォンス様に一生付いて行こう」と決めたという。

第四章

夫婦喧嘩とオレンジの片割れ

Shinkon kizoku
junai de
saikyou desu

こうして、アルフォンスとフレーチカの新婚生活が始まった。

初めのうちこそぎこちなかった二人だが、一週間が過ぎる頃には仲睦まじくなった。

というかバカップルのようになった。

「フレーチカ。これは高い効能のある薬草だから覚えておいてね」

ファゴット家に嫁いできたフレーチカは、毎日のようにアルフォンスに連れられ、領内を出歩いている。

没落貴族とはいえ曲がりなりにも領主の家なのだから、治水にまつわる大きな問題から、盛んな商業、名産品や輸出用の作物など、覚えるべきことは多岐にわたる。

その日は近くの山内にて、ファゴット領に生息している植物についてアルフォンスが教えて回っていた。

「ん、どうかした？」

名前を呼ばれて足を止めていたフレーチカが、静かにはにかむ。

「いえ、呼び捨てにされると、わたしたち結婚したんだなぁって実感が」

「あああああもおおおおおおお可愛いいいいいいいいいいいいいい！」

対照的にアルフォンスの叫びは奇声じみていた。

夫におだてられ、顔を真っ赤《まか》に染めてもじもじと縮こまってしまうフレーチカ。そんな妻の姿を見て余計にアルフォンスは叫びそうになったが、今は大事な職務中。落ち着くための深呼吸を何度か繰り返し、かろうじて平静を取り戻す。

「ともかく、ファゴット領は他の地方に比べて薬草の種類が多い。サウナに使われたりするのも、それだけ薬草が身近にあるからなんだ。領主の一族たる者、普通の野草や毒草との見分け方も知っておかないとね」

「はい。ありがとうございます、あなた」

「〜〜〜〜〜〜〜〜〜〜ッ！」

あなたと呼ばれ、アルフォンスはまたしても歓喜。今度は声にならず、まるで言葉を失ったかのよう。しかし、まったく話が先に進まないのは先ほどと変わりない。

再び気を取り直して、アルフォンスとフレーチカは散策を再開する。

「それでね、こっちの野草は食べられるものだよ」

「なるほど。食用にも用いられると」

「でね、でね、こっちはね、毒があるから嫌いな奴《やつ》に盛ればいいよ」

「なるほど。勉強になります」

フレーチカは何事にも熱心だった。

今まで王都で幽閉同然の暮らしをしてきたため、こうして頻繁に外を出歩いて野道を散策する機会すらなかったはずだ。なので与えられる知識はなんでも吸収しようとするため、教えがいがある。

そして、ファゴット領について詳しくなろうという姿勢をフレーチカが見せれば見せるほど、アルフォンスは自分の故郷に親しみを持ってもらえているような気分になって、軟体動物のように顔がにやけてしまうのだ。

「フレーチカ可愛い……好き……」

この一週間でアルフォンスの好意は急激に大きくなっていた。それに比例して『愛の力』の効果もシルファを投げ飛ばしたときよりも飛躍的に高まっている。

「あ、山道を岩石が塞いでる。ちょっと退けるから待っててねフレーチカ」

家一つ丸々押し潰《つぶ》せそうなほどの巨岩を、まるでボールをリフティングするかのように軽く蹴《け》り上げ、そのまま蹴り飛ばすアルフォンス。

巨岩は容易《たやす》く蹴り砕かれ、二つに割れて谷底へと転がっていく。

「あなた、すごいです！」

「あはは。こんなの全然すごくないよ。フレーチカのほうがすごく可愛いよ」

妻に格好良いところを見せられて、アルフォンスはさらに有頂天に。

「そ、そう言ってもらえるのは嬉《うれ》しいです」

「照れてるところもやっぱり可愛い。すっごく可愛い。可愛すぎる」

ベタ誉めである。

結婚してからアルフォンスはずっとこの調子だ。

よほど妻にベタ惚《ぼ》れ状態なのだろう。

一方フレーチカも今まで日陰者扱いだったせいか、最初は可愛い可愛いとおだてられて戸惑っていたようだが、アルフォンスの『愛の力』の効果が目に見えて向上しているため、自分に向けられる夫の愛を疑う余地はない。

「え、えへへ」

照れて赤く染まった頬《ほお》を押さえ、視線を泳がせてはにかむフレーチカ。

「あ、今ちょっと自分が可愛いって自覚のある笑い方だった！　んもー、可愛いなー、そういうところも可愛いなー！」

そんな妻の仕草を見て喜ぶアルフォンス。

これがバカップルでなくてなんなのか。

夫婦のイチャつきようは、人目の有り無しなどお構いなしだ。

山の散策中はアルフォンスとフレーチカ以外の他人の視線などなかったが、屋敷の中であってもイチャイチャぶりは変わらない。

「これ、うちの妻が山で採って来てくれたキノコだから夕食に使ってね」

ファゴット領は薬草だけではなくキノコの種類も多い。土地に詳しいアルフォンスも一緒に同行していたので毒キノコの類が混ざっている心配はない。

「……アルフォンス様。さすがに量が多すぎると思われますが」

しかし、新入り執事のシックスは、目の前のキノコの山に難色を示していた。

そう、問題は毒の有無ではなくキノコ自体の量だ。

どれほどの大荷物であっても今や片手で担《かつ》ぎ上げられるアルフォンスは、ここでも妻に良いところを見せようと、尋常ではない量のキノコを持ち帰って来たのだ。

全部使うとなると、一週間ずっと三食キノコになっても食べ切れないだろう。これにはシックスも戸惑いを浮かべるしかない。

「うん！　でも、せっかくうちの妻が採って来てくれたんだから！　そう、うちの妻が！」

「シックスさんもお困りですし、余った分は領民さんたちに配ってはいかがですか？」

「聞いた？　ねえ今の聞いた？　領民のみんなのことをこんなにも考えてくれているなんて、優しい……うちの妻が優しすぎる……」

フレーチカはシックスの肩を持ったが、アルフォンスはまったく懲りない。

「まあ……このくらいの量でしたら数日でフレーチカ様がお召し上がりになるでしょう。給仕長に渡しておきます」

「フレーチカはよく食べるからね！」

「わ、わたしそこまで食いしん坊じゃありません！」

給仕長にキノコを届けるべく台所へと引っ込むシックスを尻目《しりめ》に、フレーチカは途端に顔を真っ赤にしてしまった。

しかし本人はそう言っているものの、フレーチカは細い体に似合わず結構食べる。なんでも美味《おい》しそうにもぐもぐ食べる。

幸いファゴット家は、昔から領民の税金にあまり頼らず自給自足で衣食住を賄うという一風変わった貴族の家であったので、没落貴族となった今も食事に関しては特に不自由していない。屋敷の裏手にはオレンジを育てている果樹園が広がっているくらいだ。よってフレーチカがたくさん食べても食糧が尽きる心配はなかった。

「お屋敷のお料理が美味しいからついつい食べすぎてしまうだけで、わたしは本来そこまでいっぱい食べたりしないですからね！」

「照れ隠しするフレーチカも可愛いなー」

言い訳するフレーチカを前に、アルフォンスは能天気なほどに相好《そうこう》を崩している。

「そ、そんなんじゃありません！　ただ……、食卓に家族全員分の食器が並んでいるのって、やっぱり良いなぁ……って」

幼い頃の記憶を思い出したのか、フレーチカはぽつりとそう言った。

「それでつい食べすぎちゃうんだね。可愛いね」

一方のアルフォンスは、フレーチカのどこか憂いを帯びた面持ちにその場は気づかず、終始デレデレしていた。

「まったく……」

偶然その場に居合わせて成り行きを見物していたベルファは、弟の妻バカぶりに呆《あき》れ果てた様子でため息をこぼした。

「アルフォンス。言っておいてやるがフレーチカはみんなに優しいのであって、お前だけに優しいわけじゃないぞ。勘違いするな」

「シャーッ！」

口を挟むベルファへと、小動物の威嚇のような声を上げるアルフォンス。

毎日この調子で、弟の浮かれ具合は日に日にひどくなっていく。

ベルファのため息が増えるのも無理はない。

「ところでアルフォンス」

ベルファは弟だけに聞こえるよう、小さな声で耳打ちする。

「婚姻を結んで一週間が経《た》ったが、最近どうだ？」

「どうだとは？」

「フレーチカとだ。仲良くしているようだが、夫婦仲は良好か？」

「そりゃもう相性バッチリだよ」

「それはめでたい。たとえば昨晩はどうだった？」

ベルファは自分の物言いが下世話な親戚じみていることを内心嘆きつつも、そう尋ねずにはいられなかった。

なにせアルフォンスはファゴット家の嫡子《ちゃくし》。

となれば後継者は早めに作っておいたほうがいい。

それでなくともシルファは再婚禁忌《きんき》指定されているし、ベルファ自身も亡き夫に操《みさお》を立て、再婚するつもりはない。

つまりアルフォンスとフレーチカの間に子どもがいないままでは、ファゴット家に跡継ぎが生まれないのだ。

「さ、昨晩……？」

ほんのりと頬を赤らめてアルフォンスが呻《うめ》く。

「そう、昨晩のことだ。恥ずかしがらず姉になんでも話してみるがいい。姉とて男のことにそこまで詳しいわけではないが、女のことならよく分かっているつもりだ」

「昨晩はその……フレーチカと一緒に夜空を眺めて……」

「ふんふん。いいムードじゃないか」

「流れ星を見つけたから、二人で同じ願い事をして……」

「ふんふん」

「耳かきしてもらって……」

「ん……？」

「そのあとベッドに入って……」

「おお！」

「仲良く手を繋《つな》いで寝ました」

「……お？」

もじもじと告白するアルフォンスだったが、そこで会話は終わった。

手を繋いで寝たまでで報告は終わりのようだ。

埒が明かないのでベルファは気を取り直して自分から尋ねる。

「それは寝所に問題があるのではないか？」

「特に問題はないと思うけど？」

「だが……」

「そりゃ、環境が変わると睡眠が浅くなるとも聞くけど、今のところおれもフレーチカも朝までぐっすりよく眠れているし……」

アルフォンスの顔はあまりに清々《すがすが》しい。

「そうか。よく眠れているのか」

ベルファは頭痛を感じつつも、再び気を取り直す。

「で？」

「で、とは？」

「いい加減キスくらいは済ませたのかと聞いている」

姉からの直球の質問に、最初は合点のいっていない顔つきだったアルフォンスも、瞬間的に顔を真っ赤に染める。

「なななななな、何を言い出すんだよ姉さん！」

「その反応、やはりお前たちはキスも済ませていないままだったのか。なのにここまで惚気《のろけ》が酷《ひど》くなっているのか」

弟の奥手ぶりに脱力したのか、ベルファは真っ赤な顔をしたアルフォンスをフレーチカに任せ、力なく近くの椅子《いす》に腰かけた。

キスすらまだなら、当然その先もまだだろう。

そんな有様では世継《よつ》ぎは生まれない。生まれるはずもない。

「とはいえ、アルフォンスから雰囲気を作らないと、我が夫のもとに預けられて箱入り娘として育てられたフレーチカのほうから誘うことなど出来まい……」

そんな独り言をこぼすほどに頭を悩ませているベルファ。

彼女の知る限り、フレーチカは社交界の出入りはおろか王立学園にすら通っていないはず。

第六王子が手配した家庭教師に礼儀作法と多少の学問を習ったくらいだろう。

当然ながら貴族社会にありがちな性に奔放な同年代の友人に恵まれるはずもなく、そういう方面から仕入れる性知識の有無すら怪しい。

一方のアルフォンスは、幼い頃からシルファとベルファが溺愛しすぎてしまったせいか、重度のシスコンである——とベルファは勝手に思い込んでいる。

「まったくどうしたのものか……」

「どーしたのベルファ、暗い顔しちゃって」

苦悩するベルファのもとへ、今度はシルファがやって来た。

先週アルフォンスの一撃で負った負傷はすでに回復しており、まだ夕食前だと言うのに手にはワイングラスがあった。

「シルファ、こんな時間から飲んでいては夕食に響くぞ」

「んー、お姉ちゃんお酒に負けたことないからだいじょうぶー」

「嫌味だ。お前の体の心配などしていない」

とはいえ、この双子の姉に嫌味が通じたことなど一度もない。

「お前はどう思う、アルフォンスとフレーチカのこと」

「うん？　良いんじゃない？　アルくんと仲良くしてくれてるし、フレーチカちゃん可愛いし。今のところ健全な関係だし」

「もう夫婦だぞ！　健全な交際しかしていないほうが不健全だろう！」

能天気なシルファの物言いに、ベルファは抗議の声を上げた。

「まーまー、アルくんの気持ちも分かってあげなよ。相手は認知されていないとはいえ、第二王子殿下のご息女なんだよ？　イチャイチャするだけならともかく、その先はやっぱり気後れしちゃっても無理ないって。キスすらまだなのはお姉ちゃんも予想外だけど」

と、シルファはそんな双子の妹を宥《なだ》める。

「でもしょうがないよね。アルくんは私たちが溺愛しすぎたせいで重度のシスコンなんだもん。他の女の子に興味を持ってくれているだけでも喜ばなくちゃ」

「それに関しては私も大いに認めるところはある」

どちらかと言うとアルフォンスは彼女たちのせいで若干の女性不信になっていた時期があったからこそ奥手に育ったのだが、シルファもベルファもそんな可能性はまったく考えたこともなかった。

本人に聞こえていたら抗議もあっただろうが、アルフォンスは姉たちの視線にも気づかず、今もフレーチカと楽しくお喋《しゃべ》りしていた。

「それに……ギフトのことを考えたらむしろ今の関係を続けたほうが良いと思うし」

シルファは幸せそうな弟の姿を眺めながら、どこか悪女めいた顔で言った。

「どういうことだ？」

「アルくんの『愛の力』はアルくん自身の愛情によって力加減が決まる。だから、今のままでも充分ってこと」

「うん?」

「今以上にお互いのことを理解し合って、逆にアルくんがフレーチカちゃんのダメなところに幻滅するようなことがあったら、『愛の力』の効果も激減しちゃうでしょ?」

言われ、ベルファは思慮を巡らせる。

恋人と夫婦は似て非なる関係だ。ベルファも経験者の端くれだから分かる。

今のアルフォンスとフレーチカの関係は、誰《だれ》がどう見ても初心《うぶ》な恋人同士であって夫婦のそれではない。何せ未《いま》だにキスすらしていないのだから。

恋人が上手《うま》くいく秘訣《ひけつ》は、相手の長所を肯定してあげること。

夫婦が上手くいく秘訣は、相手の短所を否定しないであげること。

どちらも思いやりだが、恋愛初心者のアルフォンスとフレーチカが、今以上に親密な間柄になった際、その違いに理解が及ぶかどうかは分からない。

シルファの危惧は、おそらくそういうところにあるのだろう。

「結婚で大失敗した割には核心を突く発言だな、シルファ」

「お姉ちゃん的には大成功の部類なんだけど?」

「昼間から酒を飲んでいるから判断力が落ちるのだ」

「成功体験三回も重ねてるけど？」

王国史に残るお家騒動を成功体験と言えるのはシルファくらいなものだろう。

「まあ、今のは酔いどれの戯言《たわごと》ということにしておいてやる。お前の言動は素面《しらふ》のときでも常に酔っぱらっているようなものだが」

「話していて楽しいってこと？」

「これも嫌味だ」

マイペースすぎるシルファの言動にベルファはまたしても頭を抱えさせられた。

「だが、シルファの懸念も分からなくはない。強力だが感情次第で不安定にもなりかねないギフトだ。あれで重婚すればさらに効果が増すと考えれば、ハーレムを築かせてみたくなる気持ちも分かる。本当に世界の王になれるかもしれないな」

没落貴族が口にするには大それた野望だ。

ベルファ自身、冗談のつもりで発言している。

「――うん。私もそう思う。相手が実の弟じゃなければ、絶対に私が結婚してギフトを奪っていたくらい」

しかしシルファの目は笑っていなかった。

「やめろ。シルファが言うと冗談に聞こえん。まったく、姉弟で結婚できないと法律を定めた王国に感謝しないとな」

間違っても王国への反乱など企てられては困るので、ベルファは慌ててそう言った。

もしもシルファが今の能力に加えて『愛の力』を手に入れたら、本当に世界の覇権を狙《ねら》いかねない。生まれる前からずっと一緒だったベルファは、姉の気性というものを誰よりも深く理解していた。

「もっとも、もし姉弟で結婚できてもアルフォンスが選ぶのはお前ではなく私だろうに」

「は？」

「だろう？」

当たり前だと言わんばかりのベルファの態度に、シルファの口元がピクピクと引きつった。

それでも姉妹喧嘩をするつもりはないのか、こういうところは姉としての自覚があるのか、シルファは気を取り直して自ら話題を変える。

「そもそも、誰が姉弟で結婚できないって決めたんだっけ？」

「そんなもの、初代国王に決まって――」

呆れ顔で口を開いたベルファだったが、最後まで言い終えることはなかった。

ベルファ自身、肉親同士での婚姻の禁止を決めたのが本当に初代国王だったのか、知識として知らなかったからだ。

「そう定めたのは、守護竜エイギュイユですね」

代わりにシルファの疑問に答えたのは、二人の背後に控えていた執事のシックスだ。台所にキノコを届け終え、いつの間にか戻って来ていたらしい。

「いつからそこにいた」

「気配の殺し方は前職で培《つちか》いましたので」

「お前もこの一週間で随分と執事が板についてきたな」

「恐縮です」

感心するベルファに、シックスは優雅とも言える無駄のない所作で一礼を返した。

「それよりシックスちゃん、エイギュイユが姉弟を結婚できなくしたってそれほんと？　お姉ちゃんに対する嫌がらせなの？」

「シルファ様に対する嫌がらせかどうかはともかく、王家に伝わる話を多少聞きかじっただけですが、血が近しい者同士で交配を重ねるな、という話を人間たちに広めたのがエイギュイユだったそうです。その理由までは口にしなかったそうですが」

「うーん、なんか納得いかない」

珍しくシルファは眉《まゆ》をひそめて訝《いぶか》しんでいた。

「納得いかないとは？」

「だってエイギュイユってさ、悪党だよね？」

「……いやお前、守護竜相手にその言いぐさはどうだろうか。エイギュイユがいなければ我々人類はとうの昔に滅びていたんだぞ？」

歯に衣着せない姉を前にベルファも苦言を呈したが、シルファは引き下がらない。

「確かに人間の味方はしてくれたけどエイギュイユって別に人類のために他の竜たちと戦ったわけじゃないでしょ？　同族の心臓が美味いとかいう無茶苦茶な理由で人類と共闘しただけの、とんでもないヤツでしょ？」

「それはまあ……言ってしまえばそうだが……」

人類には美食竜と崇められたエイギュイユも、他の同族たちからは悪食《あくじき》と罵《ののし》られていたほどの邪竜《じゃりゅう》だった。

エイギュイユが人類と共闘したのは、単なる利害の一致で、決して人間たちの生存のために戦ってくれたわけではない。

もしも人間の肉が竜の肉より美味ければ、間違いなく人類の味方にはならなかった——そういう類の怪物だ。

「他の竜が絶滅したから、最後に残った自分の心臓を食べるために人間に転生までした、まさに正真正銘のモンスター」

言いたい放題のシルファだったが、彼女が本当に言いたいことはこの後だった。

「なのに自分が死んだ後も人間たちが繁栄できるよう色んな知識を授けてくれたって、どうにも嘘臭《うそ》くない？　だってなんの得もないんだよ？」

ベルファもシックスも押し黙った。

軽い口調の割に、シルファの言い分が筋の通った疑問だったからだ。

エゴイストなシルファだからこそ、同じエゴイストの臭いに敏感なのかもしれない。

ホーリーギフトは、人間たちを竜と戦う戦力とするためにエイギュイユが教えたものだ。

だが、ドラゴンブラッドは？

そして人類が授《さず》かった数多《あまた》の知恵や知識は？

そのどちらも、全《すべ》ての竜を狩り尽くし食い尽くし滅ぼし尽くしたエイギュイユにとっては、最早どうでもいいものではなかっただろうか。

しかしながら現実には、人間に転生したエイギュイユの血を引く者たちにドラゴンブラッドが発現し、エイギュイユから与えられた知恵や知識を用いて、他の人間たちを支配する王族として君臨している。

「わたしもシルファ姉さまに同意見です。エイギュイユのことはあまり好きになれません」

そのとき、密談にフレーチカが参加してきた。

途中から話が聞こえていたのだろう、彼女は珍しく嫌悪に近い表情を浮かべ、守護竜を貶めていたシルファの意見に賛同してきた。

「驚いたな。フレーチカにも嫌いな者がいたとは。森羅万象に優しいと思っていたが」

「姉さんたちもフレーチカに嫌われるようなことはしないように」

アルフォンスもやって来て、姉たちからフレーチカを守るようにそう言った。

「大体、姉さんたちも姉さんたちだよ。こっそりならともかく、白昼堂々と国の守護竜のことを悪く言うなんて。いやまあ、おれも共食いはどうかと思うけどさ」

だが、そんなアルフォンスの言葉を聞いても、フレーチカの顔は暗いままだ。

「わたし、よく見るんです。悪い竜が囁《ささや》きかけてくる夢を。わたしにはあれがエイギュイユに思えて仕方ないんです」

どこか熱に浮かされたようにフレーチカはまくし立てた。

しかしそう言われても、彼女の悪夢を覗《のぞ》き込みでもしない限り、その気持ちは他者には伝わらない。

「大丈夫。たとえ竜が相手でも、フレーチカのことはおれが守ってみせるから！」

ただ一人、ここ最近お調子者になっているアルフォンスが、根拠は一切《いっさい》ないのだが、フレーチカを安心させるべくきっぱりと断言していた。

「アルフォンス……」

「フレーチカ……」

シルファとベルファの冷めた視線などお構いなしで、二人だけの世界の中で見つめ合うアルフォンスとフレーチカ。

「ええ。アルフォンスはわたしを守ってくれるって、分かってます」

「もちろんだよ！　まだ出会って一週間だけど、一生守り抜くってもう決めたから！」

真剣な口調で宣言したアルフォンスだったが、その瞬間。

二人だけの世界が急に掻《か》き消えた。

フレーチカがアルフォンスに向けていた目が、愛情に溢《あふ》れた眼差《まなざ》しから一転、拗《す》ねたような、あるいは怒っているような、涙目交じりの目つきに変わっていた。

「……え、どうしたの？」

突然の妻の変貌に困惑するアルフォンス。

しかし、フレーチカはいつになく強い口調で言う。

「──わたしたち、出会って一週間じゃありません」

「え？」

「出会って一週間じゃありません！　いっしょに流れ星だって見ました！」

叫ぶようにそう言い残すと、フレーチカはその場から飛び出してしまった。

「え？　え？」

取り残されたアルフォンスは戸惑うばかりだ。

突然の豹変《ひょうへん》に、シルファもベルファも、もちろんシックスも、その場にいた全員が同じように戸惑いを見せていた。

フレーチカが急にどうして怒り出したのか、誰にも分かっていない。

「えっと、姉さんどういうこと……？」

助けを求めるように姉たちに疑問を投げかけるアルフォンス。

とはいえ、問われたところで二人の姉にも分かるわけもない。

「あのフレーチカの言い分から察するに、お前たち、もしかして以前に会ったことがあるのではないか？　流れ星とは何のことだ？」

「いや知らないって！　結婚式の日に初めて会ったんだから！」

「まあそうだな……お前たちを結婚させるべく取り計らったのも私だ。どこかで二人を引き合わせた覚えはない。肖像画ならフレーチカにも見せたことはあるが……」

「肖像画？」

「ああ。まだ我が夫が存命だった頃、私たち夫婦が暮らしていた宮殿にお前の肖像画を飾っていたのだ。姉はお前と離れて暮らすのが寂《さび》しかったからな」

「王族の宮殿におれの肖像画を⁉」

第六王子の住まいに己の肖像画が飾られていたことを初めて知り、アルフォンスは慄《おのの》いた。

歴代の国王たちの隣に自分の顔が並んでいるところを想像してしまったのだろう。

「フレーチカも我が夫の侍女として同じ宮殿で暮らしていたから、お前の肖像画は何度も目にしていたはずだ。今回の縁談も、あの絵に描かれた我が弟と結婚しないかと誘った瞬間から、妙にフレーチカが婚姻にノリ気になって、王都を抜け出す覚悟も決めたくらいだ。さすが我が弟、絵姿だけで女子の心を射止めていたのかと感心していたのだが……」

「うーん。その程度のことを出会いと呼ぶには無理があると思うけど」

弟を贔屓《ひいき》するあまり若干目が曇っているベルファの言い分はともかく、もしもアルフォンスとフレーチカに以前から接点があったとすれば、知っている顔だったからこそ、縁談の誘いを受けて嫁ぐ決意を固めたのかもしれない。

「アルフォンス。本当にフレーチカと以前どこかで知り合った記憶はないのか？」

「あんな可愛い子、一度見たら忘れるわけない」

断言するアルフォンス。

おっぱいでっかいし、とは言わなかった。

「んーとさー、フレーチカちゃんって、宮殿の外にはあまり出られなかったんだよね？」

そこでシルファが口を挟んだ。

「ああ。実際フレーチカはほとんど幽閉同然の暮らしだったし、アルフォンスはおろか同年代の少年少女と出会う機会すら滅多になかったはずだ。王都の社交界はもちろん、公の催しも参加は許されていなかったくらいだからな」

ベルファは未だに心当たりが浮かばず困り顔だ。

「じゃあ、社交界と関係ないパーティとかは？」

シルファが何を言わんとしているか測りかねているのか、アルフォンスもベルファも眉をひそめている。

しかし、この三人の中ではシルファが最も聡《さと》い。根がお気楽ではあるのだが、こと頭の回転の速さにかけては妹も弟も長女に一目置いている。

「これは単なるお姉ちゃんの憶測なんだけど、三年前の第六王子殿下とベルファの結婚式なら、アルくんもフレーチカちゃんも同席していた可能性あるんじゃない？」

「あ」

「それか」

そこは思いつかなかったとばかりに、アルフォンスとベルファは目を丸くした。


――三年前。

まだアルフォンスが十三歳だった頃。

曲がりなりにも溺愛してくれていた姉たちが立て続けに嫁ぐことになって、かつてのアルフォンスは荒れていた。

普段はあんなワガママな姉たちには早く家を出て行ってもらいたいと思っていたはずなのに、いざ別れが決まると、こんなにも心がささくれ立つものなのだろうかと、他ならぬアルフォンス自身が驚いたほどだ。

とはいえ、気に入らないものは気に入らない。

シルファやベルファを幸せに出来る男なんてこの世にそうそう居てたまるかと思っていたし、実際、シルファの夫に決まった男は家柄がすごいだけの嫌な奴という印象だった。

しかし、ベルファを見初《みそ》めた亡き第六王子は別格だった。

王子たちの中で最も国王から寵愛《ちょうあい》されているという噂が、ただのひと目で、紛れもない事実なのだと幼いアルフォンスにも理解できたくらいだ。

病弱であるにもかかわらず、凛々《りり》しい面立ちと、意志の強い瞳《ひとみ》、そして公の場では決して崩れぬ立ち振る舞い。

何より、妻となるベルファに最大の敬意を常に持ち続けていた。

純白の花嫁衣裳を着たベルファを恭《うやうや》しく、そして尊重して扱ってくれているのが、王都の結婚式会場で遠目に見ていただけでも分かった。

夫が妻を敬愛し、妻もまた夫を敬愛する。理想の夫婦像だと思ったし、その姿を羨《うらや》ましいと感じた。自分も将来、そういう結婚をしたいとも。

ただ、姉を取られたという気持ちも拭いきれなかったので、アルフォンスは式の豪華な食事をヤケ食いしていた。

そういうとき弟の苛立ちに目聡く気づいて慰めてくれるシルファも、このときばかりはいなかった。彼女はちょうど、一番目の夫の家を足蹴《あしげ》にして二番目の夫の家に逃げ込んでいた時期で、欠席せざるを得なかったのだ。

「あーあ。なんかもやもやする」

幸せそうな姉夫婦の姿が見ていられなくなって、アルフォンスは式場の外をぶらつき始める。

そしてそこで目撃してしまった。

第六王子のお付きと思しき、自分とたいして歳《とし》の変わらなそうな黒髪の侍女が、貴族のボンボンに対して謝罪を強要され続けているところを。

どうやら侍女が粗相をしたようで、ボンボンの服を汚してしまったらしい。

当然侍女は謝っている。謝り続けている。しかしボンボンはあろうことか少女の頭を摑《つか》み、地べたに這《は》い蹲《つくば》らせた。

侍女の前髪は長く、両目を隠すほどで、彼女がどんな顔をしているのかアルフォンスには分からなかった。が、ボンボンの表情なら嫌というほど分かった。

相手の少女のことを心底侮辱している、蔑みの顔だった。

ボンボンの正体は第一王子である王太子の息子。その立場上、侍女が王族の醜聞となっている第二王子の妻が生んだ不義の疑いがある少女だと、彼には分かっていたのだろう。

だからこそ、公の場にもかかわらず陰湿にいじめていた。

相手が王太子の息子だと、アルフォンスとて知らなかったわけではない。

だが、気づけば飛び掛かっていた。

——同じ王族でも第六王子は偉ぶることなくベルファ姉さんを大事に扱ってくれている。

悔しいけれど姉さんに相応《ふさわ》しいくらい素晴らしい男なのに、なんだこいつは。第六王子よりもずっと偉い第一王子の息子のはずなのに、ベルファ姉さんの祝いの席なのに、おれだってちゃんと祝えていないのに、なぜこいつは侍女をいじめているのだ。どんな理由があろうと女の子を泣かせるような真似は許せない。もう、そう教えてくれた姉さんはいなくなるのに。

そうした、胸中で膨れ上がっていた様々な感情が爆発したのだ。

それでも一応、ギリギリまでは耐えていた。爆発の引き金となったのは、心のもやもやでも、脳裏によぎる姉の顔でも、目の前にいる王太子の息子のムカつく顔でもなかった。

少女はまるで、自分の影と語らうかのように、深く頭を下げて俯《うつむ》いていた。その長い前髪に覆《おお》い隠されていた紫紺《しこん》の瞳が、髪の隙間《すきま》越しに負の感情で濁っていくのが垣間見えてしまった。それが哀しみか、それとも怒りか、アルフォンスには分からない。

――ただ、愛する姉の祝いの席で、少女があんな目をするほどの仕打ちに耐えていた。彼女は耐えていたが、アルフォンスには耐えられなかった。

「姉さんの結婚式で何してんだこのクソボケがぁぁぁぁぁぁぁぁぁ！」

幼いアルフォンスは決して喧嘩が強かったわけではないし、スライム一匹倒したこともなかったが、姉たちに鍛えられたため、根性だけは座っていた。

一度ボコボコにしてやると決めた相手は、自分がそれ以上にボコボコにされそうだとしても、絶対に立ち向かって、確実にボコにしろと、そう教えられてきた。その結果、第一王子の息子を本当にボコにしてしまったのだ。相手はドラゴンブラッドの持ち主、打ち負かせたのは予想外の不意打ちだったからに他ならない。

本来なら護衛がアルフォンスを止めに入るのが普通だが、式に参列していた護衛兵たちも突然のことで意表を突かれたのだろうか。まさか式の最中に王族に暴力を振るう不埒者が現れるとは夢にも思っていなかったのかもしれない。結果として幸運なことに、その場ですぐに取り押さえられることはなかった。

「こっちへ！」

その隙にアルフォンスは、へたり込んでいた侍女の手を引き、結婚式場から飛び出した。

時刻はすでに夜。

騒然となる式場を後にし、アルフォンスは全力で逃げた。

幼い頃より姉たちのお仕置きから逃れるべく逃げ足を鍛えてきたアルフォンスだけあって、逃走劇はお手の物だ。

周囲の目を逃れ、少女とともに、ひと気のないほうへと逃げ続ける。

後ろを振り返る余裕はなく、逃避行の間、侍女がどんな顔でアルフォンスに付いて来ていたのかは分からなかった。

「何があっても、おれは君の味方だから」

振り向かずに声だけをかけた。大事になっているのはアルフォンスだって分かっている。彼女を安心させるために最初に出てきたのが、その言葉だった。

「あ、あのっ……」

返答の声は、ちゃんと聴こえた。

「……ありがとう」

息切れしている様子で、声も上ずっていたが、彼女の感謝の言葉はアルフォンスの耳に確かに届いた。

結局、名前を訊《たず》ねる前に第一王子配下の護衛兵たちに捕まり、別々に連行されてしまったが、捕まるまでの短い間に少女が「流れ星が――」と呟《つぶや》いていたことだけは憶えている。

どちらかと言うと、アルフォンスの記憶に強く残っているのはその後のことだ。

なにせ、当時のアルフォンスはそのまま牢屋にぶち込まれたのだから。

薄暗い地下牢で独り閉じ込められたのは、十三歳には酷な経験だろう。

それほどの前代未聞の暴挙だったが、最終的に、罪を咎《とが》められることにはならなかった。

子ども同士のやったこととして、この一件を大事にしない思慮深さを周囲の大人たちが持っていたこと。そして、王家だけの秘密であったものの、第一王子の息子と第二王子の娘の諍いを測らずも止めたという事実。

これらの要因があってアルフォンスは驚くほど穏便に許された。

むしろ第二王子が「小さなナイトに褒美を取らせたい」とまで言ったほどだ。第一王子も、
自分の息子の愚行が原因で第二王子との関係を悪化させたくなかったのだろう。

ちなみに、自分の結婚式の裏でそういう事件が起こっていたことを知ったベルファは、牢屋の弟のもとへ赴《おもむ》き、釈放の手続きを勝手に自ら済ませた。

「よくやった！　それでこそ我が弟！　私がいなくなってもその気概を持ち続けろ！」

そして、長い別れを互いに覚悟し、涙をこらえてベタ褒めしたのだった。

まあ、その数年後には実家に出戻りすることになるのだが。


「……もしかして、あのときの侍女さんがフレーチカだったたってこと？」

件《くだん》の騒動を思い返したアルフォンスが頭を抱えた。

「いや分からないよ！」

今になってアルフォンスは思う。

何しろ三年前に見かけたあの黒髪の侍女は、前髪が両の瞳を隠すほど長く、どんな顔をしていたのかすらほとんど分からなかったのだから。

そして何より、おっぱいが小さかったから。

まさかたった三年であれだけすくすく立派に育つなんて、分かるわけがない。

だが、とりあえずベルファに訊ねてみたところ。

「いや……そう言えば確かに私が夫と結婚したばかりの頃、フレーチカは今ほど豊かな胸をしていなかったな……」

という返事があった。

つまりはあの侍女が十四歳の頃のフレーチカということで、まず間違いないだろう。

「わー、そのときの出会いを忘れず、ずっとアルくんのことを想《おも》い続けていたのなら、フレーチカちゃんもいじらしいねぇ」

「だから王都から逃げ出してでも我がファゴット家に嫁いできたのか。それならそうと最初から姉に全て打ち明けてくれても良かったものを……」

聞かされたロマンスに思わず頬を綻ばせるシルファァと、バツが悪そうに首を傾げてうーんと唸《うな》るベルファ。

「だがこれは、自分が助けた女のことを覚えておいていないアルフォンスが悪い」

「そうだね。むしろ初めての夫婦喧嘩がこの程度のほほえましさで良かったよ。お姉ちゃんのときは人死にが出そうになったからねー」

「おいシルファ、お前の起こした騒動は夫婦喧嘩の域を超えていたからな?」

一件落着とばかりに談笑する姉たち。

「いや姉さんたち、すっきりしてるとこ悪いけど、肝心なのはどうやってフレーチカに許してもらうかでしょ」

だが、フレーチカを怒らせてしまったアルフォンスからすると、妻が怒った理由が分かっただけで、まだ何も解決していない。アルフォンスは姉たちへと不満の視線を向けたが、彼女らはまったく気にした様子もなく、一言。

「そんなもの、夫のほうから謝るしかあるまい」

「んー、そだねー」

「でも、なんて謝れば……」

「そんなもの、お前自身が考えた言葉でなければ効果もあるまい」

「そだねー」

困り果てているアルフォンスだったが、さしもの姉たちも今回の夫婦喧嘩に口を挟むつもりはないらしい。

ベルファはポンと弟の肩に手を置き、その耳に囁く。

「なに、フレーチカは優しい。誠心誠意謝ればきっと聞き入れてくれる。後は仲直りムードを作って、そのままの勢いでキスまで持って行け」

「姉さん！」

最悪な送り出され方だったものの、ひとまずアルフォンスは姉たちの元を離れ、遅ればせながらフレーチカを追った。

夫婦喧嘩は初めてだったが、こういうとき、フレーチカが逃げ込めるような場所はまだこの屋敷にはない。いったいどこに逃げたのだろう。

没落貴族とはいえ、ファゴット家の屋敷は広い。

庭や敷地を含めればなおさらだ。

逃避行の回想から一転、今度は自分が追う側になり、アルフォンスは息を切らしながら妻の行方《ゆくえ》を追った。

あてもなく走りに走って、今はもう、すでに夕刻。

屋敷の外に出て空を見上げれば、すでに陽《ひ》は山の向こうへ没しようとしている。このまま夜を迎えては、フレーチカ探しはさらに困難になってしまうだろう。

「この一週間で、フレーチカが気に入ってくれた場所とかかな……？」

ファゴット領のどこに連れ回しても、フレーチカは嬉しそうに付いて来てくれていた。

気に入ってもらえたか否かで言えば、全ての場所を気に入っているようにも見えた。

それでもどれか一つに絞るとなると。

「もしかして……」

踵《きびす》を返し、今まで進んでいた方向とは逆、脳裏をよぎった心当たりの場所へと向かう。

屋敷の裏手にあるオレンジの果樹園だ。

そこで育てられている木々には大きな柑橘の実がいくつも生っており、園に満ちる甘酸っぱい香りに、フレーチカは顔を綻ばせていた記憶がある。

「とりあえず、心当たりは手当たり次第だ！」

屋敷内を探しまわっていたときと違い、今は野外。遠慮する必要はない。

なので全速だった。

どうやら速度さえ『愛の力』で増強されているらしく、アルフォンスの体は疾風と一体化する勢いで駆けた。

音速の壁を突破する破裂音を置き去りにし、アルフォンスの姿はその場から一瞬で掻き消え、超高速で果樹園に到着する。

急ブレーキの余波で足元の地面がめくれ上がったが、今のアルフォンスには、そんな些細《ささい》なことを気にしている余裕はなかった。

なぜなら、一際《ひときわ》背の高い果樹の根本に、まるで打ちひしがれた子どものように蹲《うずくま》ってしょげているフレーチカの姿があったのだから。

今しがたの盛大な足音すら耳に入っていなかったようで、それだけフレーチカは落ち込んでいる様子だった。

声をかけるべきか一瞬迷ったが、アルフォンスはそっと近づくことにした。

「わたしったら、いくら自分にとって大事なことだったからって、アルフォンスの前であんなみっともない癇癪《かんしゃく》を起こしてしまうなんて――」

フレーチカは、誰かに語りかけるかのように独り言を呟いていた。

当然、相手はいない。

まるで、蹲った足元に伸びる、自分の影に向かって話しかけているように見えた。

話し相手にすら恵まれずに育ったフレーチカの癖《くせ》なのだろうか。

抑えきれなくなった気持ちをああして自分の影に吐露して聞いてもらっているかのように、アルフォンスの目には映っていた。

「ごめん、お邪魔するよフレーチカ」

様子を見守っていたアルフォンスは、小さくなっていた少女の背中へ静かに声をかけた。

途端、フレーチカは影へと話しかけるのを止め、アルフォンスへと振り返る。

「わ、わたしまだ怒ってますから！」

先ほどの独り言から察するに、どちらかと言うと自分に対して怒りを感じているようにも取れたが、慌てて夫への怒りを取り繕うフレーチカの姿は、拗ねた子どものようだった。

「怒っているので、お話しなんかしてあげませんから！」

これほど拗ねている妻の姿を見るのはアルフォンスも初めてだったが、申し訳ないという気持ちとは別に、拗ねているところも可愛いという惚気が芽生える。

「ごめん、フレーチカ」

「知りません。あなたはわたしの知らない男性です」

「本当にごめん。確かに、そういう言い方されると傷つくのが分かったよ」

「そうです。わたしも傷つきました」

頬を膨らませた妻の姿に、内心またバカップルよろしく「フレーチカ可愛い、拗ねていても可愛い」と頬を突きたくなったが、今はアルフォンスも我慢する。

それよりも、ちゃんと伝えなければならない言葉があった。

「まさか、あのときの侍女さんがフレーチカだとは思わなかったんだ」

姉の結婚式での騒動を思い出したアルフォンスは、素直にそう言った。

「……それに、こういうことを言うとフレーチカを余計怒らせるかもしれないけど、その、胸がね……三年前と全然印象違ったって言うか……」

本当に正直者だった。

あの頃はまったくなかった胸元《むなもと》も、今ではたわわに実っている。

さすがに真正直に胸の話をされるとは思っていなかったのだろう、見る見るうちにフレーチカの顔が赤く染まって行く。

「お、女の人を判別するのに、胸しか見ていないんですか！」

「本当にごめん。あのときは王太子のバカ息子相手に頭に血が上っていたし、それに、おれに婚約者が別にいた頃の話だから」

「あ……」

三年前の時点では、まだアルフォンスは婚約破棄に至っていない。

「……分かりました」

急にフレーチカは居住まいを正し、果樹の根本から立ち上がる。

「フレーチカとしては不本意ですが、将来を誓い合っていたお相手がいた中で、他の女の子に目移りしなかったことを、むしろ褒めて差し上げます」

今もちょっと腹に据えかねている様子だったが、ようやくフレーチカは面と向き合ってアルフォンスの顔を見てくれるようになった。

「あ、ありがとう」

「でも、その婚約者さんとはもう終わった仲なんですよね、だったら、これからはちゃんとフレーチカのことを見てください」

「もちろんだよ」

アルフォンスは力強く頷《うなず》いた。

そのまま彼はひょいと飛び跳ねて、常人を逸したジャンプ力で果樹の枝の高さまで到達し、そこに実っている大きな柑橘の実を一つ、手に取った。

突然のことに目を丸くしているフレーチカの前に着地し、今しがた捥《も》いだばかりの橙色をした果実の皮を剝《む》き、中身を割ってみせる。

甘酸っぱい匂《にお》いが周囲に満ちる中、アルフォンスは二つに割った柑橘の実の片方を、フレーチカの左手に握らせた。

薬指の結婚指輪と柑橘の実が触れあう中、フレーチカは戸惑い気味に首を傾げる。

「これは……」

「亡くなったうちの婆様が教えてくれたことがあるんだ。一度半分に割ったオレンジの実は、その片割れ同士としかぴったりくっつくことはないって」

フレーチカに手渡した果実の半分に、アルフォンスは自分の手に残った果実の半分を、再度くっつけてみせた。

「似たような大きさの実を何個割ったところで、中の果実の数とかが違っていて、他の片割れとはぴったりくっつくことはないんだって。それを聞いておれは、運命の相手みたいだなって、思ったんだ」

「それは……つまり……」

「フレーチカが、おれの運命の相手だよ」

沈む夕陽《ゆうひ》に負けないくらい顔を真っ赤にして、アルフォンスは正直な気持ちを伝えた。

それを受けて、フレーチカの顔もまた、夕陽にも夫にも負けないくらいに真っ赤に染まってしまった。

互いに手にした柑橘の片割れをくっつけあったまま、見つめ合う二人。

夕焼け空すら、二人の穏やかな時間を惜しむように、呆れるくらい遅々とした速度で緩やかに夜の色へ染まって行く。柑橘の木々を照らす太陽が地に沈むに連れ、ほほえむように微《かす》かに輝いていた一番星が、その光を増していた。

どのくらい二人でそうしていただろうか。

ついに、アルフォンスの胸にフレーチカはゆっくりと体を預ける。

夫婦喧嘩はおろか恋人同士の喧嘩すらしたことが無かったアルフォンスにはまだ実感は湧《わ》かなかったが、ひとまずこれで仲直りということらしい。

いや。むしろフレーチカが嫁いできたこの一週間の中で、一番ムードが良い。

「嬉しい、アルフォンス……」

胸の中のフレーチカが、潤んだ目で自分を見上げてくれている。

その体が折れないようアルフォンスはフレーチカをそっと抱き締めた。

「おれたち、もう立派な夫婦なんだし、その、まだまだ夫として頼りないだろうとは思うけど、これからはなんでも言って欲しい」

そして、気恥ずかしさを隠し切れないながらも、自分の気持ちをしっかりと伝えた。

「そうだ。たとえば、今おれにして欲しいことはないかな？　フレーチカはいつも遠慮して一歩引いてくれていることが多いから、したいことがあったら言って欲しい」

「わたしのしたいこと、ですか……？」

その言葉に、フレーチカはアルフォンスの腕の中で軽く首を傾げ、そして告げる。

「――もっとイチャイチャしたいです」

意を決したように絞り出した望みが、その一言だった。
これにはアルフォンスも思わず、びっくりして妻の顔を覗き込む。
「だめですか？」
「もちろん、これからもイチャイチャしたくなったらすぐに言ってくれて構わない」
アルフォンスの素っ頓狂な返答に、フレーチカはくすりと笑い、そっと目を閉じる。
腕の中で、最愛の人が、瞼を閉じて何かを待っている。
何かとは何だ。
アルフォンスは悟る。
自問自答せずとも愚問であろう。
一言でイチャイチャと言っても選択肢は無限にある。
が、今この瞬間にアルフォンスの脳裏をよぎったのは、たった一つ。
そしておそらく、フレーチカが求めているのも、たった一つ。
お預けになっていた初めての口づけを交わすなら、今が絶好の好機なのだ。

「フレーチカ……」

良いムードのまま、アルフォンスはフレーチカの唇へと顔を近付けていき――ふと、急にその動きを止めた。

そして果樹の幹の向こう側へと視線を巡らせる。

見知った顔が二人分隠れていた。

「いけーっ、いけーっ！」

何やらひそひそ騒いでいたのは、当然ながらシルファとベルファ。

いきり立つ姉たちは、今から起きようとしていた弟夫婦の口づけを、野次馬よろしく見物していたのだ。

「見世物じゃないぞ！」

さすがに怒るアルフォンスだったが、もう遅い。

「あはは……」

フレーチカは苦笑を浮かべ、恥ずかしそうにアルフォンスの腕の中から逃げ出してしまっていた。

当然、先ほどまでの良いムードはすでに完全に消し飛んでしまっている。

「何をしているアルフォンス！　我々に構っている場合か！」

「誰と誰のせいだと思ってるんだよ！　二度と口利かないぞ！」

さすがに最愛の姉たちとはいえやって良いことと悪いことがある。

アルフォンスは目を見開き、怒りの声を上げた。

と、次の瞬間。

「えっ」

放たれた怒りのオーラが、目に見えぬ衝撃波となって、周囲に放たれた。

まさかそんなことが——そう思うよりも早く、衝撃波の直撃を喰《く》らった二人の姉たちは、周囲の木々に生っていた柑橘の実ごと、見事に吹き飛ばされてしまう。

「怒っただけでこの威力……？」

果樹園中に、慌てて飛び去る鳥たちの羽ばたきの音が響く。

盛大に吹き飛んでしまった姉たちは目を回して地面の上に伸びており、今の一撃を目撃することすらかなわなかったようだ。

気絶した彼女たちの体の上に、頭上からぼろぼろと柑橘の実がいくつも落ちてくる。

衝撃波の勢いが強すぎて、どうやらその余波だけで大量の果実を枝から吹き飛ばし、図らずも収穫してしまったらしい。

おそらく、三年前に出会っていたことを知り、この三年間フレーチカがアルフォンスのことを一途に想い続けていたことを知って、『愛の力』の効果がまた飛躍的に上がったのだろう。

先ほどの超加速や超ジャンプ力も、その賜物だったのだ。

「こ、この調子だと、おれはいったいどこまで強くなってしまうのだろう……」

高い戦闘能力を誇るシルファとベルファ相手でさえ、とうとう素手すら使わずオーラだけで倒せるようになってしまったのだ。

もしもこれ以上フレーチカのことを好きになってしまうと、日常生活すらままならないのではないか。

そう思った瞬間。

「そうだ、フレーチカは大丈夫だった？」

衝撃波となって周囲に炸裂した怒りのオーラは、当然ながら姉たちだけでなく、周囲にも影響を与えている。

ならば、傍《かたわ》らにいたフレーチカも巻き込まれてしまったはずだ。

「い、一応、無事ですー」

夫の不安をいち早く察知したのか、木の幹に隠れていたフレーチカはすぐに元気な顔を見せてくれた。

ホッと一安心したアルフォンスだったが、ふと疑問が浮かぶ。

「シルファ姉さんやベルファ姉さんでさえ吹き飛ぶ威力があったのに、フレーチカは無傷だったのか……？」

三年前の出会いをアルフォンスが思い出したことで、夫婦の秘密はまたひとつ減った。

つまり、フレーチカは『秘密の花園』の影響でさらに身体能力が弱体化してしまっているはずなのだ。普通に考えれば、シルファやベルファでさえ耐えられない衝撃波に耐えられるわけがない。

なのに、二人の姉たちは気絶してしまったにもかかわらず、フレーチカはまったくの無事で、意識も失っていない。

「ど、どういうこと……？」

見ればフレーチカも、自分が無事であることを確認し、不思議そうにあたりをきょろきょろとしている。

「もしかしてフレーチカには、まだ何か大きな秘密があるのか……？」

そう呟くアルフォンスだったが、その疑問に答えられる者はこの場にはいなかった。

ちなみに、周囲に散らばった大量の柑橘の実は、その後シックスやメイドたちによって無事回収され、今晩の食卓に並んだ。

それでも食べ切れない量の果実があり、余った分は翌日フレーチカがジャムの材料に使い、手製のマーマレードを作ってくれた。

ジャムの瓶《びん》にはラベルが貼《は》られ、そこにはフレーチカの手書きでこう記されていた。

「あなたはわたしのオレンジの片割れ」と。

第五章

父、襲来

「フレーチカの作ってくれたジャム、美味《おい》しかったなー」

アルフォンスはきょうも惚気《のろけ》ていた。きのうも惚気ていたが、それ以上に惚気ていた。

初の夫婦喧嘩こそあったものの、仲直りを経て二人の仲はさらに親密になり、バカップル度は増している。

「お口に合ったなら良かったです。でも、ジャムが美味しかったのはファゴット家の皆さんがオレンジを大切に育てているからです。実が美味しいからこそ、ジャムにしても美味しかっただけですから」

「あぁー、謙遜してるフレーチカも可愛いぃぃぃー。うちの家のことを褒めてくれるフレーチカが可愛いぃぃぃー」

二人は今、ファゴット湖に来ていた。

それも湖のど真ん中。

今度こそ夫婦水入らずで二人きりになるべく、そして今度こそあわよくばファーストキスの機会を作るべく、アルフォンスは領地の案内にかこつけて、昼間からボートで湖に漕ぎ出していたのだ。

ファゴット湖は王国随一の巨大湖だ。対岸から対岸まで目を凝らさなければ目視出来ないほどで、領内における貴重な水源となっている。

そのど真ん中までやってきたのだから、当然周囲に人の目はない。

シルファが遠視の魔法で監視しないよう、きょうは朝からベルファに姉の気を引くよう頭を下げて懇願しておいたので、万事うまく行っていれば本当に誰《だれ》も見ていないはず。

ちなみに、ボートを漕いでいるのは当然アルフォンスだ。

『愛の力』の効果は日に日に増しており、オールを手に巨大湖を横断する体力など以前なら持ち合わせているはずもなかったが、今のアルフォンスからしてみれば運動のうちにも入らないくらいだ。

狭いボートの中、対面で向かい合って湖の上をデートするというのは、はっきり言って最高に楽しかった。

何より、絶対に邪魔者がやって来ないという安心感が良い。

「フレーチカのきょうの格好、すごく似合ってるよ」

「そうですか？　ふふ、ありがとうございます」

長い黒髪、白いワンピース、そして同じく白のつば広帽子。

「この組み合わせ嫌いな男いる？」

思わず本音が口から漏《も》れてしまっていた。

「でも、お屋敷の果樹園で育てているオレンジは本当に美味しかったです。王都で食べたときはあんなに甘くなくて、酸っぱいだけだったのに……」

「ああうん、ファゴット領のオレンジは品種改良してるからね」

「品種改良？」

アルフォンスの何気ない一言に、フレーチカはゆっくりと首を傾げた。

その拍子に、ふわりと帽子のつばが風に揺れる。あまりに絵になるその光景にアルフォンスは相好《そうこう》を崩しながら、妻の疑問に応じる。

「うちのオレンジも昔は酸っぱかったり苦かったりして食べられたものじゃなかったらしいよ。どっちかって言うと観賞用とか香水の原料として育てていたものだったし」

「可愛いですもんね。丸くて、瑞々《みずみず》しくて、ころころしていて」

「フレーチカのほうが可愛いよ？」

「もう、アルフォンスったら」

簡単に話が脱線した。これがバカップルの本質である。

とはいえ、ファゴット領に留まらず、柑橘の木々を街や山の美観のために植える文化は王国に古くからあった。一本の樹にたくさん実を付ける橙色の柑橘は目にも鮮やかで、捥《も》いでも食卓テーブルを飾るインテリアとなり得るからだ。

元々は、美食竜エイギュイユが昔、果樹の森を守護していたことに端を発するのだろう。

かの竜の住まう森には柑橘も多く生っていたと伝承に残っている。

そのため王国では古くから、食用以外の目的でも果樹を育てていた。

最近になって食べられるようになったのは、世代を経て様々な品種同士を交配させることで果実の味を甘くし、人の味覚に合うよう品種改良したからに他ならない。

「品種改良についての知識を人類にもたらしたのも、エイギュイユなんだ。それに寒暖差があると果物は甘く育つから、ファゴット領はオレンジの品種改良に最も適した土地だったんだ。今では特産品として王国の好事家《こうずか》たちに買い求められているよ」

「そうだったんですか。だからあんなに甘くて美味しかったんですね」

「フレーチカが気に入ってくれたなら、来年の収穫量を増やすために果樹園の面積を倍にしちゃおうか。大丈夫、収穫の人手は要らないから！　おれの気合でなんとかなるから！」

アルフォンスはボートの上に立ち上がり、頼りがいをアピールすべく胸をドンと叩《たた》く。

あわやバランスを崩し、ボートから湖へ転倒しそうになったほどだ。

と、そのとき突然、湖面を突き破るように水中から巨大な赤い影が突き出てきた。

「きゃっ」

「姉さんか⁉」

反射的に身構えるアルフォンスだったが、さすがに見当違いの早とちりだ。

現れたのは、度肝を抜くほどに巨大な蟹の鋏《はさみ》だった。

鋏ひとつ見ても、家ひとつ分に匹敵《ひってき》する大きさを誇っている。今も水中に身を潜めている全身を加味すれば、いったいどれほどの大きさになるのか見当もつかない。

「湖の主《あるじ》、ジャイアントクラブだ！」

「赤色を見たら無条件で姉さまたちだと思うのどうかと思いますよ」

「うん。まさかこんな邪魔者がデートの最中に現れるなんて、おれも予想外だったよ」

だというのに、二人はおっとりとしたものだった。

人間すら餌にしてしまいそうな巨大な蟹の怪物が湖面から顔を出しても、相対するアルフォンスとフレーチカはまったく動じた様子を見せない。

それこそ、シルファやベルファが出てきたほうがまだ慌てていたであろうと思わせるほどに落ち着き払っていた。

「遥か古代、ドラゴン相手でさえ一対一なら一歩も退かなかったと言われる、ファゴット湖に住む伝説の巨蟹なんだ。おれも実物を見るのは初めてだけど」

「おっきいですね」

今にも襲われそうだというのに夫婦はのん気に会話を続ける。

「でも美味しそうですよね、じゅるり」

「よし、今夜のおかずは決まった！」

巨蟹を前に、思わず目を輝かせるフレーチカ。妻が食べたがっていると知り、俄然やる気になるアルフォンス。

対する巨蟹はというと、巨大な鋏を前にしてもまったく怯《ひる》んだ様子を見せない獲物を前に、若干戸惑っていた。

だが、湖の主にも誇りがある。

竜の体軀《たいく》にも比肩し得る自慢の鋏を振り上げ、問答無用でボートへと叩きつけた。

「柔《やわ》い」

――が、人間ごときに片手で鋏を受け止められたのは、巨蟹にとって初めての経験だった。

混乱のあまり口から大量の泡を噴きだしながら、巨蟹は戦慄《せんりつ》していた。

質量的に押し負けるはずがないのに、鋏はビクとも動かない。

しかもここは水上だ。どう考えても人間より蟹に分があるのに、最初の一撃を受け止められ、巨蟹は自分と敵との彼我《ひが》の戦力差を悟らざるを得なかった。

さらに、圧倒的な戦闘力を誇るアルフォンスの傍《かたわ》らで、美味しそうなものを見つめる眼差《まなざ》しを向けてくる食欲剝《む》き出しのフレーチカの顔を見、巨蟹は恐怖した。

すぐにも転進し逃走を図る。長い歳月を生き抜いてきた経験から、人間は水面を移動できないことを湖の主は熟知していた。

が、しかし。

「ふんっ！」

アルフォンスは『愛の力』の効果でもって、湖面を駆けた。

水上をハイスピードで走り抜けるアルフォンス。盛大な水飛沫を上げながら湖面を蹴《け》り、足が水没するよりも速く次の一歩を踏み出し、逃げる巨蟹を追う。

「お前には、うちの妻の夕食になってもらう！」

迫るアルフォンス。

気が遠くなるほど遥か昔、竜との一騎打ちでさえ相手に背中の甲羅を見せなかった巨蟹は、一目散に水中へと潜る。

最中、視界の隅に、拳《こぶし》を振り上げたアルフォンスの姿が映る。

――巨蟹は冷静さを取り戻しつつあった。

自慢の鋏を受け止めただけでなく、水上の高速移動すら可能なのだとすれば、あれはもう自分が知っている生き物ではない。遭遇したのが過ちだったのだ、と。

敵に甲羅を見せた時点で誇りを失った。ならば、これ以上何を失おうと、己《おのれ》の命を守ることのみが最優先だ。

巨蟹はすぐさま自ら自分の鋏を切り落とし、アルフォンスの拳に対する盾として用いる。

「ッ！」

拳と鋏が激突し、竜の鱗《うろこ》と同等の強度を持っていた鋏の殻は、ものの見事に一撃で粉砕されてしまった。最大の武器を失ったのは辛《つら》いが、もう何百年か脱皮を繰り返せば、いつかは再生するだろう。命あっての物種だ。

巨蟹はその場に巨大な鋏を残し、湖の奥底へと潜っていく。

「いい勝負だった。これは貰《もら》っておく」

残された鋏を強敵からの称賛と思って、アルフォンスは素直に受け取った。

仕留めそこなったものの、鋏の中には爪《つめ》の部分まで蟹の身がぎっしりと詰まっている。今晩の夕食には充分すぎる戦果を得たアルフォンスは、湖面に浮いた鋏の殻の残骸を足場に、湖底へと姿を消した伝説の巨蟹の後ろ姿を見送る。

「蟹さんは蟹ミソが美味しいのに……」

「ごめんフレーチカ。でも、蟹の爪もフライにして食べると美味しいよ」

ゆっくりとボートを漕いで追ってきたフレーチカに対し、先ほどまでの戦士めいた表情はどこへやら、普段の緩みきった顔つきに戻り、手を合わせて謝るアルフォンス。

二人きりのデートを中断させた無粋な邪魔者はこうして撃退され、今晩のおかずも確保できたものの、周囲一帯がボートごと若干蟹臭くなってしまったので、先ほどまでの良い雰囲気を取り戻すのは不可能だった。

結局、この日もファーストキスには至らなかったということだ。

――一方その頃。ファゴット領から遠く離れた王都。

都の中心にそびえる豪奢《ごうしゃ》な王城にて、王国の政治を取り仕切っているのは、国の宰相である王太子ブリジェスだ。

国王は溺愛していた第六王子が没して以降、覇気を失って長く床についている。第一王子である王太子に玉座が譲られるのも、そう遠い話ではないだろう。

国内にいる王侯貴族の大半が、王太子に従っている。

中にはファゴット家のような例外もいるが、王太子は王国そのものに反旗を翻《ひるがえ》さない限りはそうした勢力を容認している。彼はむしろ、権力が一点集中する危うさを悟っていた。

だからこそシルファやベルファの一件があっても、彼は当時の当主であった双子の父に責任こそ取らせたものの、ファゴット家そのものを処分することはなかった。

何事にもバランスが必要なのだ。

三年前、ファゴット家の長男が自分の息子を殴りつけたと聞いても、一切《いっさい》お咎《とが》めなしという極めて寛大な対応をした。

別に息子に対して愛情が欠けているわけではないし、アルフォンスのことを気に入ったわけでもない。そして、フレーチカを姪と認めているわけでも当然ない。

国家権力の大半を握っている自分だからこそ、厳しくすべきは自らの派閥の内であり、派閥外への締め付けは避けているだけだ。

派閥外への圧力は、王太子派の増長に繫《つな》がる。そして王太子派が大きくなりすぎれば、いつか彼の手に負えなくなる日が来るかもしれない。

それは王太子の望むところではない。

ゆえに、父王の退位が近くなった今こそ、王太子はバランスを望んでいた。王太子派が最大勢力なのが望ましいが、第二王子や第三王子を擁立している派閥も各々の勢力を維持し、かつどちらも内輪揉《うちわも》めに発展しない状態を。

権威の均衡を保つことこそが、彼のスタイルであった。

そんな王太子は今——

持てる権威の全《すべ》てを、衣服ともども脱ぎ捨てていた。

生まれたままの姿。つまり全裸だ。

「最近……前にも増して腹が出てきたな……」

王太子ブリジェス・エイギュイユ。現在三十九歳。壮年となった今も顔はハンサムだし覇気も漲《みなぎ》っている。しかし体は衰え始め、贅肉が目立つようになっていた。

ブリジェスがなぜ全裸なのかというと、それは彼が今、王城の一角に造られたサウナにいるからに他ならない。

先客は一人だけ。

小柄な痩軀《そうく》の老人が、サウナの主のように、室内の最上段の席に陣取っていた。

当然、ブリジェスも最上段に腰掛けた。王太子たる者、たとえ全裸であっても、父王以外の者の下に座るわけにはいかない。

が、サウナは上段のほうが熱い。

熱い空気は上へ上へと向かうのだから当たり前である。

「誰にも聞かれたくない密談をサウナで行うのは、貴殿の家の慣習だそうだな、ジョン・ファゴット卿」

早くも溢《あふ》れ出した汗を拭いながら、王太子ブリジェスは隣に座る老人に向かってそう話しかけた。

老人の名はジョン・ファゴット。アルフォンスたちにとっては祖父にあたり、ファゴット家の現当主を務めている男だ。

「これは王太子殿下。お待ちしておりました」

「畏《かしこ》まるな。互いに全裸、身も言葉も着飾る必要はない」

「では、お言葉に甘えまして」

言って、ジョンはどっしりとあぐらをかいた。

サウナを長い人生の友としてきただけあって、六十を超えた男の肌艶《つや》ではない。流れ出る汗が玉のように弾《はじ》かれている。最近腹のたるみに悩んでいるブリジェスよりよほど健康的だ。

ブリジェスもサウナの先達に倣《なら》い、ここはあぐらをかいて長期戦に備えた。

なにせ相手は、地方領主でありながらも、古くより王都の王侯貴族たちの間で名を馳せてきた傑物だという噂だ。

いわく、熱風のジョン。

あるいは、氷の棺のジョン。

それらの相反する二つ名がどういう意味を持つのかブリジェスはまったく分からなかったが、とにかく何かすごそうな印象を持っていた。

「先に言っておきますが、サウナは我慢大会の場ではありません。熱くて耐えられなくなったら、さっさと出て水風呂に浸かるのがよろしい」

「心配は不要だ」

「王太子に倒れられては大事になりますので」

「確かに。私も、老い先短い老人をこんな場所で看取りたくはない」

互いに視線は交わさなかったが、サウナの熱気はこれでもかと室内に充満している。

「話の前に、少しロウリュを」

と、ジョンは余裕の面持ちで足元の手桶に手を伸ばし、中に入っていた水を柄杓《ひしゃく》で汲み上げ、サウナストーンへと静かに注《そそ》ぐ。

じゅっ、じゅじゅっ、と、熱く熱された石に触れた水が蒸発する音が室内に静かに響き渡り、それがブリジェスの耳を打つ。

目を閉じれば、より音と熱気に集中できた。そこで気づく。ジョンが巧みに水を操《あやつ》り、サウナストーンを楽器のように奏でていることに。

「心地いい音色だ。どんな演奏家にも劣るまい」

「でしょう」

唸《うな》るような熱さを忘れさせるほどの清涼感が、その音色にはあった。

しかし同時に、水分が蒸発したことで発生した蒸気が室内に見る見るうちに充満し、体感温度が加速度的に引き上げられていく。

――熱い。

だが、「本題に移ろう」の一言をブリジェスは言えずにいた。

その一言を口にするのは、相手にイニシアチブを渡すのと同義だ。

ここには別にサウナを楽しむために来たわけではない。フレーチカの一件で、王太子とファゴット家当主の二人が、腹を割って話し合うために来たのだ。

だからこそ、ブリジェスには密談を自分に有利になるよう進める必要があった。

そのためならばサウナの熱にも耐えなければならない。

が、相手はことサウナにおいては百戦錬磨の熱波師。

今も額の汗を拭うフリをして腕を使って室内の空気を仰《あお》ぎ、熱波を循環させている。

そしてその熱波は、当然ながらブリジェスの体にも降《ふ》り注ぐ。

それに伴い、耳や指といった体の先端部が、焼けるほどに熱くなる。

しかし、ブリジェスは王城での職務中と同じく、鉄面皮《てつめんぴ》の如《ごと》きポーカーフェイスを維持していた。

「良い……っ」

止めきれなかった唸り声が口から漏れ出たが、ブリジェスは王太子としての矜持《きょうじ》を持って、言葉を変えた。本当は「本題に移ろう」と言いたかったが、耐えた。

口を開いた瞬間、熱い空気が肺にまで入ってきたが、それも耐えた。

「それはようございました。では、本題に入りましょうか」

ジョンは大きく頷《うなず》き、自ら切り出す。

別にジョンが先に熱さに耐えきれなくなったわけではない。王太子の意地を間近で見、敬意を払ったのだ。

そしてブリジェスもまた、ジョンがまだまだ余裕であるにもかかわらずイニシアチブを譲り渡す発言をしたことで、これから先この老人を見くびるまいと認識を改めた。

「わしの孫に、最近嫁が出来ましてな」

――世間話。

両者がこんな場所で密談をするのは、フレーチカの一件が原因だ。だからこそ、ジョンの孫の嫁の話には違いない。

だが、こんな本題の切り出され方はブリジェスもまったく想定していなかった。

「そうか。で、どのような嫁だったのだ？」

「いやそれが、長く王都での仕事を任されておりまして、わしもまだ顔も名前も知らないのです。なにせ結婚式にさえ出席できませんでしたからな」

顔も名前も知らないと来た。

当然大嘘《おおうそ》だ。

だが、ジョンが孫の結婚式に出席出来なかったのは事実。そして王都を離れることを許さなかったのは、誰あろうファゴット家の処遇を決めたブリジェス自身だ。

本題には入ったが、核心には簡単に触れさせてくれないらしい。

（狸ジジイめ……）

ブリジェスは内心毒づいたが、ポーカーフェイスは崩さない。

「その嫁を選んだのは？」

「孫娘です」

二人いる。

どちらが、とはジョンも言わなかった。少しでも時間を稼ぐ気なのだろう。もちろん第六王子の妻であったベルファ・ファゴットであることはブリジェスにも分かっている。

が、世間話の体《てい》で話を始めた以上、ジョンの引き延ばしに付き合わなければならない。

ここは熱気渦巻く焦熱地獄の如きサウナ。

ジョンの独壇場であり、ブリジェスにとってはアウェーだ。無論、王太子も不利な悪条件を承知で敵地に乗り込んでいる。

フレーチカの一件について密談で決着をつけるまで、熱さに音を上げてサウナから飛び出すことは許されない。

――熱い。

「ファゴット卿には孫娘が二人いたはず。ベルファ・ファゴットは末弟の妃だったな」

「亡き第六王子殿下、ですか」

「優秀な弟だった。才覚に溢れていた。あれほどの魂が、病に弱った体に引きずられて死を迎えなければならなかったのは、ただただ惜しい」

「わしも、ひ孫に会いたかったですな」

両者、黙禱。

ジョンは墓標に水をかけるように、またもサウナストーンに水をかけて蒸気を発生させていた。ブリジェスは強く握《にぎ》り拳を作って熱気に耐えながらも、鉄面皮を決して崩すことなく甘んじてこれを受けた。

「で、そのベルファ・ファゴットが、末弟の侍女であった少女を、アルフォンス・ファゴットの妻として迎え入れたと聞いている」

「お耳が早い」

「今は苦境にあったとしても、ファゴット家は立派な貴族の出。たかが侍女を妻とするのはいかがなものと思わないか？」

「ベルファは息子に似て、生真面目《きまじめ》で家族想《おも》いな娘です。弟を溺愛しすぎて悪ふざけすることもありますが、件《くだん》の侍女についても、アルフォンスの嫁に相応《ふさわ》しいと判断したからこそ迎え入れたのでしょう。わしのような老いぼれがいちいち難癖《なんくせ》をつけることではありませんな」

ジョンは感慨深げにそう言った。

ジョンの息子――つまりアルフォンスやベルファの父親は、姉妹の離婚騒動の責任を取らされて追放された身。そしてその追放を決めたのもブリジェスで、そもそも没落貴族の憂き目にあうという苦境に立たされているのも、ブリジェスの決めた処遇が原因だ。

もちろん、ジョンは王太子を責めるような言葉は一切口にしていない。

だが遠回しに非難されているのは明白だ。

「ちなみにシルファはわしに似ました。正直申し訳ない」

「ファゴットの赤い蛇か……」

ドラゴンブラッドを王家の外に持ち出したベルファの存在が王家にとってタブーならば、国中の名門貴族たちの中ではシルファの存在がタブーだ。

その悪名は当然ブリジェスの耳にも何度も届いている。

だからこそ再婚禁忌《きんき》指定まで出したのだから。

もちろん、その処遇を決めたのもブリジェスである。

今さら罪悪感など覚えることもないが、ジョンの話題の持って行き方は巧みだった。本題に移る前にファゴット家に対するブリジェスの負い目を次々に刺激してきている。

――そして熱い。

喋《しゃべ》っている間にもサウナの熱気は刻一刻と増している。

それに比例して、結論を急ぎたくなる気持ちがブリジェスの中で高まってきている。

だが、ここで一足飛《いっそくと》びに結論を出そうとすれば、おそらくファゴット家に下したあらゆる不遇な処分を撤回する必要が生じるだろう。

それほど、今は主導権をジョンに握られてしまっている。

しかし、ジョンの息子夫婦を呼び戻すことは構わなくとも、ベルファのドラゴンブラッド持ち出しの看過や、シルファの再婚禁忌指定の解除は出来ない。

両者のギフトの危険性はブリジェスも深く理解している。

野に解き放つわけにはいかない類の代物だ。

「ファゴット家にとって、少なくとも損にならない話を一つ持ってきた」

だからこそ、ブリジェスは手札を切る。

「弟の侍女を妻に娶《めと》ったアルフォンス・ファゴットには、もともと婚約者がいたと聞いている。伯爵家との間の婚約で、破棄されてしまったとも」

「ええ。そういう話もありましたな」

「——私がその婚約を復活させよう。無論、伯爵家の令嬢を妻として迎え入れてもらう必要があるため、侍女との結婚はなかったことにしてもらいたい」

ブリジェスの目的はただ一つだ。

フレーチカを取り戻すこと。

多少回りくどくなったが、直轄部隊による実力行使が失敗に終わった以上、他の手段を講じなければならない。

だからこその、アルフォンスの婚約の復活だ。

伯爵家は王太子派。シルファとベルファの存在だけでなく、ブリジェスの息子にアルフォンスが暴行を加えたことも婚約破棄の遠因になっている。

となれば、王太子自らが命じれば、すぐにでも婚約は元通りになるはずだ。

伯爵家との関係が回復するなら、王家との繋がりが断たれたファゴット家にとってもメリットは大きい。少なくとも、近い将来に領地没収の憂き目にあうことは絶対にない。

「実は——」

と、そのとき。

ジョンはブリジェスの提案を予想していたかのように、重々しく口を開く。

「王太子殿下からそういうご提案があるかもと、孫たちが予想しておりましてな。先に言伝《ことづて》を預かっております」

「何……？」

「長女シルファは、一度弟を捨てた女が我が家の門を潜る日は永遠に来ない、と。次女ベルファは、私の弟は将来を誓い合った女を捨てる男ではない、と」

愉快そうに笑いながらジョンは続ける。

「そして長男アルフォンスは一言、嫁が可愛すぎて一生離せない、と」

最初からジョンも、そしてアルフォンスたちも、ブリジェスがどんな提案を持ってきたとしても突っぱねるつもりだったのだ。

返答を聞かされ、ブリジェスは沈黙する。

王太子相手にここまで強気に出たのだ、ジョンも当然、いかなる処分も覚悟の上だろう。

「ファゴット卿は、家族想いなのだな」

「お恥ずかしながら、家族をよろしくというのが、亡き妻の遺言ですので。わしは若い頃から度の過ぎた女遊びをしておりましたが、妻は全て最後には許してくれました。だからこそ妻の最期の望みは絶対に守ります」

「――それと同じ遺言を遺した女性を知っている」

「おや、どなたです」

「我が弟、第二王子フレデリック・エイギュイユの妻だ。噂で聞いたことくらいあるだろう、二人の間に不義の子が生まれたという話を」

最早、醜聞を隠し通したままではこの老人は折れない。

幸いここは二人きりのサウナ。密談が外に漏れる心配はないし、ジョンはすでに孫娘から全ての事情を聞かされているだろうから今さらだ。ブリジェスはそう判断した。

「件のフレーチカという侍女は、実はフレデリックの娘だ。少なくとも、弟はそう信じている。そして、妻を心労で死に追いやった王家そのものに憎しみを抱いている。それでも弟が王国最強と呼ばれるその力を国のために使っているのは、ひとえにフレーチカの存在ゆえだ」

ジョンが亡き妻から、家族たちを頼むと言われたように。

フレデリックもまた、娘を託されたのだろう。

「……念のため聞いておきますが、ドラゴンブラッドは発現しなかったのでしょう?」

ジョンは念を押してそう尋ねた。

「やはり全ての事情を知っていたか。まあそうだな。発現せずじまいだったと聞いている。だから私の父は当時、フレーチカを王家の一員に加えることを断固として拒否した」

「一つ前提を確認しておきたいのですが、王族でありながらドラゴンブラッドが発現しなかった方というのは、王国の歴史上に一人もいなかったのですね？」

無論、その可能性はブリジェスも考えたことはあった。

「ああ、いなかった。私自ら王立図書館の禁書庫まで出向いて王族にまつわる歴史書の全てを紐解《ひもと》いたが、少なくとも記述の上では存在しなかった」

そう言って、ブリジェスはふと首を傾げる。

「いや……例外中の例外が一件だけあったな」

「それは？」

「我ら王族の始祖、人間に転生した守護竜エイギュイユ本人だ。もっとも、人間になったとはいえ元は竜なのだから、ドラゴンブラッドがあろうとなかろうと関係あるまい」

「始祖様は確かに例外ですな。ともかく、ドラゴンブラッドを持っていなかったからこそフレーチカ様は王族として認められなかった。今になってなぜ手元に置かれようとするのです？

第六王子殿下が保護しなければ、追放どころか処刑されていた可能性すらあったはず」

「貴殿も薄々分かっているだろうが、父はもう長くはあるまい。健在であった頃は、私も父の不興や反感を買ってまで弟の娘を守るつもりはなかった。フレデリックはフレーチカの一件について発言権を奪われていたし、どうすることも出来なかった。末弟は人間的に優れていたからこそ、フレーチカを保護していたわけだ」

ブリジェスは自らの側近ですら知らぬ王の現状を語った。

ここまで語れば、最早遠慮の必要はない。

「父の没後は、私が王位を継ぐだろう。その際、フレデリックの恨みを私に向けられては困る。だからこそ私は弟の望みを最大限叶《かな》えてやりたい。フレーチカはそのために必要だと考えている。それはフレデリックのためにも、フレーチカのためにもなるはずだ。私自身が彼ら親子の幸福を第一に思っているわけではないため、言葉が白々しいのは許せ。だが、客観的に考えてもそうするのが一番良いのではないか？」

全てはバランスだ。

対立する側にこそ蜜を与えなければならない。

王にとって、敵などいないほうが良いのだから。

「私の王権が盤石になるのであれば、それは王国の平和にも繋がる。万民《ばんみん》にとっても得であり損になることはない。ゆえにフレーチカから手を引け。ベルファ・ファゴットが私の想像以上に情の深い女で、フレーチカの身の上を知っていち早く行動を起こしたことだけが誤算だった。が、さすがは末弟の愛した女であったな」

胸中の思いを曝《さら》け出すのは、ブリジェスにとって気持ちが良かった。なにせ今までどんな腹心の配下にさえ、胸の内を明かしたことはなかったのだから。

いつの間にか熱さが全て快感に変わっている。どんな熱気も心地良いほどだ。完全にサウナでリラックスしてしまっている。

そう言えば、いつの間にかサウナ室内に柑橘の香りがミストのように満ちていた。

リラックス成分の強い効能を持つ柑橘の実を絞って作られたアロマを、ジョンがロウリュ用の水に含ませておいたのだろう。

どうやら一杯喰《く》わされたらしい。心の自制が解かれると、人は胸の内に抱えていたものを曝け出してしまいたくなるものだ。

全てをぶちまけたブリジェスの想いは今やただひとつ。

「話は以上だ。私の胸襟《きょうきん》を曝した以上、ファゴット卿にも一つ譲歩してもらいたい。王都での職務を一時的に解くゆえ、今の話を孫たちのもとへ持ち帰れ。フレーチカが父親のもとで暮らせること、そしてアルフォンス・ファゴットの名誉と婚約を回復すること、ともに第一王子ブリジェスの名において保証すると伝えよ」

ブリジェスは、ファゴット家にとって悪い話を一切していない。

さらに言えば、ブリジェス直々の取り計らいで伯爵家との縁談を復活させたとなれば、ファゴット家も王太子派に加わることが出来、将来も安泰だろう。

譲歩という意味ならば、ブリジェス側が最大限譲歩している。

「では、そろそろサウナから出て水風呂に入らせてもらう！」

そう言い放って、ブリジェスは勢いよく立ち上がった。

全身に浮かんでいた汗を、まるで脱皮のようにふるい落とす。

その瞬間、ジョンとの対話の勝ち負けもどうでもよくなった。今までの煩《わずら》わしい政治の話も全て、今このときのために長々と続けていたのだと確信した。

一刻も早く、「熱い」から「冷たい」に行きたい。

（絶対気持ちいい……！）

顔は相変わらずポーカーフェイスのままだったが、ブリジェスの胸は高鳴っていた。

だが。

その胸の高鳴りは、サウナの扉を開けた瞬間、一瞬で掻《か》き消《き》える。

扉の向こうに三人目の全裸の男が立っていたからだ。

歳《とし》は近く、三十代後半。ブリジェスによく似た端正な顔立ちだが、不健康なほどに頬《ほお》はこけ、体も痩せぎすで、貧相とさえ言っていい。無精に伸ばした黒髪と髭《ひげ》も手入れがまったくされておらず、浮浪者のようですらあった。

とても王城に出入りできるような風体ではない。

が、ブリジェスにはもちろん見覚えはある。ありすぎるほどにある。

血を分けた兄弟なのだから。

「フレデリック、お前なぜここに」

眼前の冴《さ》えない中年男こそ、王国最強と謳われた第二王子フレデリック・エイギュイユ。

つまりはフレーチカの父だ。

「家臣たちから、兄貴がサウナに入っていると聞いてな。兄弟で腹を割って話すなら、サウナは良い機会だと思った」

「……家臣らには、絶対に誰も入れるなと言っておいたはずだが」

二人の会話を耳にしたのだろう、後ろから顔を出したジョンも驚きの表情を浮かべている。

ここにフレデリックが現れたのはジョンにとっても予想外だった。

「俺《おれ》を止められる人間が、この国にいるのか？」

フレデリックはみすぼらしい風体の中、瞳《ひとみ》だけを爛々と輝かせ、言った。

「それより、まさか俺のほうから腹を割るまでもなく、兄貴の本音を聞けるなんてな。引き出してくれたファゴットの爺さんには感謝しかない」

「今の話を外で聞いていたのか」

「ああ。全て聞かせてもらった。親父がそろそろくたばるってことも、兄貴が俺とフレーチカを一緒に暮らせるよう取り計らってくれるってことも」

フレデリックはブリジェスの肩を大きく叩き、小さく笑みを浮かべる。

「兄貴に人の心が欠けているのは知っているが、それでも、ありがとうと言わせてくれ。兄貴にとってはただの打算でも、俺にとっては唯一の望みだ。それを叶えてくれるなら相手が悪魔でも兄貴でもいい。そもそも、俺は国王の座なんぞに興味はないからな」

「そうか。そう言ってもらえると助かるが……」

兄弟の和解は一瞬にして成った。それはブリジェスにとっても喜ばしいことだ。

だが、フレデリックから放たれている不穏な空気が気になった。兄弟間の関係改善を終え、口では感慨深げだが、目が微塵も笑っていない。

「兄貴、せっかくの仲直りだ、もう少し話そう」

「いや私はもうサウナから出て水風呂へ――」

「いいから話そう、な。ファゴットの爺さんも遠慮するな」

「いや兄弟水入らずに水を差すのはわしも不本意というか、さすがに熱いというか……」

「いいから、いいから」

そうしてフレデリックは、脱水症状寸前の二人を無理矢理サウナ室へと引き戻し、言う。

「それで――可愛い可愛いフレーチカが、どこの誰と結婚したって?」

目が笑っていないのは当然だ。

目玉がギョロついて爛々と輝いているのもそう。

煮え滾《たぎ》るほどの怒りが、王国最強の男を支配していた。

「うわあ」

「そこからかあ」

思わず素っ頓狂な声を出してしまうジョンとブリジェス。

彼ら二人のこれまでの会話は、すでにアルフォンスとフレーチカの結婚そのものは過去の出来事として扱い、これからの政治的な話に終始していた。

だが、ベルファァがフレーチカを連れ出してアルフォンスの妻に迎えた話は、部外者であったフレデリックには完全に初耳だったのだ。

父として怒り心頭なのも、詳しい話を求めてくるのも、当然の流れだろう。

「話は長くなりそうだ。兄貴、そして爺さん。事の顛末《てんまつ》を洗いざらい全て話し終えるまで俺の前から退席できると思うなよ」

ブリジェスがフレーチカ誘拐のために影の実行部隊を動かしたこと。

それに、フレーチカの王都脱出の手引きを実はジョンが裏で行っていたこと。

二人には、今のフレデリックに知られるわけにはいけない隠し事がまだまだある。

しかし完全に逃げ道を断たれた彼らは、汗だくのまま、サウナ室の最上段に陣取ったフレデリックの両脇《わき》に座らされたのだった。

その晩、事情を知ったフレデリックは日が変わらぬうちに単身ファゴット領へ発った。

本来なら王太子ブリジェスの提案をファゴット家当主のジョンが持ち帰る予定だったのだが、

二人とも重度の脱水症状でしばらくは絶対安静の身の上だ。

ゆえに、脱水の原因を作った男が代わりにやって来たというわけだ。

目的は当然、娘であるフレーチカの奪還である。

第二王子フレデリックはこれまで、末弟である第六王子の看病という名目で、フレーチカと面会していた。逆に言えば、それ以外に親子の時間がなかったと言っていい。

そのため第六王子の没後は娘と会うための名目がなくなり、接見を禁じた国王との対立がますます深まっていた。

その後、亡き第六王子に代わってフレーチカを保護していたベルファが王家から追放されて実家へ出戻らざるを得なくなると、フレーチカは完全に後ろ盾を失い、危うい立場に。

すぐさまフレデリックは娘を養子という形で保護下に置こうとしたが、国王はそれを許さず、あろうことか隣国との小競り合いにわざわざフレデリックを派遣することに決めた。

王国最強の男にとっては、隣国との小競り合いなど戦いのうちにすら入らない。

だが、王都を留守にしている間、フレーチカを守る者は誰もいない。

もしかしたら国王自身は、フレーチカの暗殺すら視野に入れていたのかもしれない。ただ、病に臥《ふ》せったことで実権を失い、暗殺の不安はひとまず消えた。

その時点で王太子ブリジェスより早く動いたのが、ベルファだった。彼女は弟の婚約破棄をいち早く聞きつけ、フレーチカを弟の嫁に迎え入れることにしたのだ。

「そうして、俺の知らぬ間に、ファゴット家の小僧と可愛いフレーチカが結婚してしまったというわけか……」

隣国との小競り合いを終え、つい先日本国に引き返したばかりのフレデリックは、王都のどこにも娘の姿がないという事実に、国王への反乱さえ考えていた。

そういう意味では、フレデリックを宥《なだ》めるためにフレーチカを保護しようとした王太子の見立ては正しかった。判断がもう少し早ければ、あるいは彼の直轄部隊がシルファに敗れることが無ければ、事はもっと穏便に運んだだろう。

フレデリックの心境としては複雑だ。

ベルファの計らいで娘が無事であるのはありがたい。

ありがたいが、男との結婚など聞いていない。認められない。ブチギレるのも無理はない。

「とりあえず、後のことはフレーチカを連れ戻してから考えよう」

片田舎であるファゴット領にフレデリックが到着したのは、翌晩のこと。

王族や大貴族にはペガサスを始めとした空路を用いる移動手段が認められており、王都から遠く離れた場所にも最短距離で移動することが出来る。とはいえ屋敷までペガサスに騎乗したまま乗り込むわけにもいかず、領内に入ったフレデリックは自分の足で道を急いだ。

そんな彼を見つけた領民たちは最初、幽鬼のような風体のフレデリックをモンスターと勘違いして逃げ出そうとしたが、すぐに相手が一応人間であることに気づき、警戒を解く。

「どうしたんだいお前さん、そんな病人みたいな面して」

「顔色が悪いのは生まれつきだ。それより、きょうは宴会か何かか？」

立ち寄った村の領民たちは大量のキノコと蟹の身を大鍋で茹でていた。

「次期領主のアルフォンス様からおすそ分けをいただいたんだ」

「聞けば湖の主と言われる伝説の巨蟹を倒したらしい。すごいことだ」

「奥方様を娶られてからのアルフォンス様はすっかり頼もしくなられた」

領民たちはこぞって次期領主のことを褒めていた。その顔は誰もが朗らかだ。

「奥方ァ……？」

一方のフレデリックの表情筋は怒りのあまりピキピキと引きつっていたが、浮かれる領民たちは彼の放つ不穏な空気には気づかない。

「そうとも！　アルフォンス様もようやくご結婚なされたんだよ」

彼らは、特産の柑橘の実を絞ったフレッシュオレンジジュースをフレデリックに渡しながら、なおも陽気に話しかけてくる。

「この奥方様が本当に可憐で」

「物腰も柔らかく穏やかで」

「俺ら領民にも優しくて」

「食べっぷりも豪快で」

「あんな素晴らしい女性は他にいない」

口々にフレーチカを褒め称える領民たち。

「そうか。そうかそうか」

娘に対する惜しみない称賛の声に、フレデリックは途端に落ち着きを取り戻した。

先ほどまでの激しい怒りは瞬く間にどこかに消え、彼は陶器に注がれたジュースをひと息に飲み干し、長旅の渇きを癒《いや》す。

「お前たちのような気の良い民は国の宝だ。よし、ファゴット領はこの先永遠に無税にしろと俺から兄貴に伝えておく」

穏やかな顔つきで大真面目《まじめ》に言うフレデリック。もちろん本気だ。

領民たちは相手が第二王子であることなど露《つゆ》知らず、ましてや彼が言う兄貴とやらが誰かも気に留めず、ファゴット家から振る舞われた馳走をフレデリックにも分けてくれた。

領民たちに愛娘《まなむすめ》が大人気なのは心の底から喜ばしいが、やはりフレーチカが奥方扱いされているのは断じて認められなかった。

腹ごしらえを済ませたフレデリックはその後、単身ファゴット家の屋敷へと到着した。

闇夜《やみよ》に紛れ、不審者同然の挙動でファゴット家の敷地内に侵入し、玄関口を避けて窓からの侵入を試みる。

無論、王族としての自分の立場を明かせば、こそこそ忍び込む必要もない。

むしろフレデリックが訪れたとなれば、いかなる理由であってもファゴット家が歓待《かんたい》しなければならないくらいだ。

しかしフレデリックはそれを良しとしなかった。久しぶりに会う娘との再会を公の立場で行ってしまうと、彼は父親として娘と接することが出来ない。

さらに言えば、ベルファの手引きでファゴット家に嫁いだ娘が、慣れない貴族の家でどういう扱いを受けているのか、厳正に抜き打ちチェックしなければならないとも思っていた。

だからこうして、コソ泥のように身を低くして闇《やみ》に紛れ、足音を立てないよう細心の注意を払いながら、屋敷の壁伝いに張り付いて移動している。

「待っていろフレーチカ。父が今会いに行く……」

虫か何かのようにカサコソと動き回るフレデリックは、鍵《かぎ》の開いた木窓を見つけた。

「ここから屋敷の中に入れそうだ」

木窓の隙間《すきま》から、室内を覗《のぞ》き込む。

その瞬間、フレデリックの目が驚きに見開かれた。

彼の目に飛び込んできたのは――

「あの、お姉さま方……さすがにこの格好はいささか大胆だと思うのですが……」

大人の魅力を感じさせる黒のネグリジェに身を包んだ、娘の姿であった。

フレーチカは耳の先まで真っ赤《まか》にして、透けた生地のネグリジェにかろうじて隠されている自分の下着姿を恥ずかしげに見下ろしている。あろうことか下着も大胆な黒だ。

「いいや！　お前たちの仲を進展させるにはそのくらいの度胸が要る！」

そんなフレーチカに発破をかけているのがベルファ・ファゴットだった。

フレデリックも第六王子の下を訪れた際に何度か顔を合わせていたため、かつて義妹だった女の顔はひと目で分かる。

だが、常に末弟に尽くし、貞淑《ていしゅく》を絵に描いたような女性というフレデリックの抱いていたイメージは、次の瞬間すぐにも粉々になった。

「安心しろ、フレーチカ！　今のお前はすこぶる魅力的だ！　我が弟がどれだけ奥手だろうと今夜こそファーストキスまでいける！　いけるはず！　いってくれないと困る！」

ベルファは若干ヤケクソ気味で叫んでいた。

その隣では、ベルファと瓜二つの美貌を持つ人物――双子の姉であるシルファ・ファゴットと思わしき人物が、にこやかな笑顔でフレーチカを眺めている。

「うわー、ほんとに着たよー、お姉ちゃんちょっとドン引きー」

そして笑顔のままフレーチカとの間に距離を取っていた。

「なっ、着てみろと言ったのはシルファ姉さまですよね！」

「恥ずかしがるな、フレーチカ！　清純なお前が寝間着の下に黒の下着を身に付けるのはギャップがあって絶対に強い！　自信を持て！」

半泣きになって尻込《しりご》みしているフレーチカを、ベルファは必死に鼓舞している。

「いやでもさすがにギャップ強調しすぎじゃない？　清楚《せいそ》と真逆の格好だよ？」

「言葉を選べシルファ！　フレーチカが勇気を出しているというのになんだその言いぐさは！　だいたいこれはお前の私物だろう！」

余計な一言でフレーチカを追い詰めるシルファの胸ぐらを摑《つか》みながらベルファは叫んだ。

「この格好で夫の前に出るのはわたしには、む、むむむ、むりですっ！　絶対むり！　そ、それにその、まだ口づけもしていないのは、夫のせいではなくわたしに問題があるので……」

「どうした？　また例の悪夢のことか？」

「はい……。エイギュイユの夢を以前よりも頻繁に見るようになったんです」

女三人、何やら話し込む。

が、突然の場面に遭遇したフレデリックはそれどころではない。

フレデリックにはまったく成り行きは分からなかったが、おそらく、夫との関係をなかなか進展させられないフレーチカを見るに見かねて、余計なお節介を焼いているのだろう。

その光景をフレデリックは運悪く目撃してしまったわけだ。

「……あ、あの連中、俺の可愛いフレーチカになんという格好を……」

怒りのあまり台詞が途切れ途切れになっていた。

額に血管が浮かぶ。比喩ではなく、僅かな一瞬、ドラゴンブラッドがまるで暴走しているかのように制御が利《き》かなくなったのだ。

と、そのとき。

「何者だ」

微塵も気配を感じさせず、一人の執事がいつの間にかフレデリックの背後を取っていた。

いかにフレデリックが激情に駆られて周囲への警戒を疎《おろそ》かにしていたとはいえ、確実にただの執事に出来る芸当ではない。

それもそのはず、誰よりも早く侵入者の存在に気づいたのはシックスであった。

彼は背後からフレデリックの首根っこを掴み、後は腕に力を込めるだけで、いつでも首の骨を圧《へ》し折れる体勢を取っている。

「何者か、だと?」

だが、急所を掴まれているにもかかわらず、フレデリックはまるで気にした様子はない。

振り向く必要もなく、ただ口を開く。

「ただの父親だ」

次の瞬間。

痩せぎすのフレデリックの体が、赤い輝きを纏《まと》った。

発光しているのは全身に張り巡らされた血管の中を流れる血液――ドラゴンブラッドの力の解放に他ならない。

「まさか、第二王子――！」

背後の執事が息を呑《の》むのが分かったが、怒り心頭のフレデリックは完全に頭に血が上っていた。それもただの血ではない、今まさに魔力を帯びて赤熱している竜の力を帯びた血だ。

「今は王子などという肩書きはどうでもいい。娘を愛する一人の父親だ」

血液の発光現象を伴い、王族のみに許されたドラゴンブラッドが発動する。

使用者の筋力、敏捷力、魔力を始めとしたありとあらゆる能力を超過的に向上させ、かつて太古の時代に人を滅ぼそうとした竜と同等の戦闘力を持つ超人と化する力。

すでに、フレデリックの首の筋肉はシックスの力でさえビクともしないほどの頑強さを有していた。ギフトを使ってどれだけ力を込めようと、圧し折れる気配など微塵もない。

「たかが執事にしては職務に忠実だな」

そう言ってフレデリックは片手で軽々とシックスの腕を引き剝《は》がす。

その痩軀からは想像も出来ないほどの力だ。

ドラゴンブラッドの発現量は、個人によって差異がある。

フレーチカのように一切発現しない「ゼロ」というのは、今までの歴代の王族たちの中でも一人としていなかったが、個人差による大小は存在している。

その中で、フレデリックの発現量は歴代最高クラス。

「寝ていろ」

残る片腕を伸ばし、シックスの頭を摑む。

手の甲に浮き出た血管の放つ輝きが一層増した、次の瞬間。

フレデリックが無造作に腕に力を込めただけで、シックスの頭は地面と激突していた。

一撃で気を失ったシックスには、今何が起きたのか、最後まで分からなかっただろう。単に、頭を摑まれたまま体勢を崩され地面に叩きつけられただけ。それが驚異的な腕力と速度であったため、全てが一瞬のうちに終わったのだ。

邪魔者を瞬く間に排除したフレデリック。

しかし彼の視線は今、フレーチカたちのいる部屋には向けられていない。

気づけば背後に、もう一人の人影があった。

「うちの執事から手を離せ」

その人影は、シックスを倒したフレデリックへ、はっきりと敵意を向けていた。

誰が見ても不審者極まりないフレデリックは、言われた通りシックスの頭から素直に手を離す。もとより命まで奪うつもりは毛頭ない。怒りのあまり手加減出来ていないだけだ。

「ここがファゴット家の屋敷だと知っていての狼藉《ろうぜき》か?」

もっとも、怒りのほどは相手も変わらない。

「お前がさっき覗いていた部屋にいたのはおれのお嫁さんだ。ただでさえ万死に値する覗き魔の分際で執事にまで手を上げるのは、到底許されることじゃない」

憤怒の面持ちでフレデリックを睨《にら》みつけていたのは、アルフォンスだった。

覗き魔の姿を見つけ、シックスとともに捕まえに来ていたのだろう。

主の手を煩わせるまでもないと先行したシックスが返り討ちにあったのを見て、アルフォンスは完全に臨戦態勢を整えて身構えている。

「ほう」

相手はたかが十六歳の若造だったが、フレデリックは油断しなかった。

強力なギフトを持つ者特有の威圧感を、歴戦の猛者《もさ》であるフレデリックは敏感に感じ取っていた。

「お前がアルフォンス・ファゴットか」

「だったらどうした」

アルフォンスは平然と告げる。

その勇ましい姿に、フレデリックは見覚えがあった。

そしてすぐに思い出す。

三年前、フレデリックの娘と知らずにフレーチカを庇《かば》って第一王子の息子を殴り倒した、幼い少年のことを。

「お前があのときの――」

娘を妻に迎えた男が誰かを知り、フレデリックは微《かす》かに冷静さを取り戻す。

一方のアルフォンスは、まだ自分が誰と対面しているか分かっていないようだ。

何せ時刻はもう夜。フレデリックの血管が闇夜の中で蓄光塗料のように光を放っているとはいえ、この暗がりで面識のない人間の顔を判別するのは難しいだろう。

これがもし昼間であれば、国王や王太子に似た面影を持つフレデリックの顔を見て、ピンときたかもしれない。が、事態はそうならなかった。

アルフォンスは完全に不審な侵入者を撃退するつもりでいる。

そして好都合なことに、力で雌雄《しゆう》を決するのはフレデリックも望むところだ。

「先ほど、あの部屋から気になる話を盗み聞きしてしまったのだが」

視線はアルフォンスから外さす、フレデリックはゆっくりとフレーチカたちのいる部屋を指差す。

女三人で姦《かしま》しく騒いでいるせいか、外の音は聞こえていないらしい。今も部屋の中から賑やかそうな声が漏れ出ている。

「お前、まだキスすら済ませていないらしいな」

「なっ！」

フレデリックの挑発に近い指摘に、アルフォンスの怒りがさらに煽られた。

「どうなんだ？」

「――だったらどうした」

アルフォンスの怒りは沸点を大幅に越え、すでに激怒。

それでも、見据えた敵がかなりの実力者であることを察し、必死に取り乱すことなく身構え続けている。

「いや、いい。永遠にそのままのお前でいてくれと思っただけだ」

フレデリックは淡々と告げた。

互いの視線が交錯し、火花を散らす。

「だがこれで、今ここで退くわけにはいかなくなった」

そうして、フレデリックは低く腰を落とす。

怒りと冷静さがないまぜになった今の彼の胸中は、たったひとつ。

正体がバレていない以上ここで退くことも出来る。だが、今夜この場を退いてしまっては取り返しのつかない事態になる。

そう――

（もし俺がここで退けば、確実に今夜、この男はフレーチカに手を出そうとする！）

魅力的な娘があれだけ刺激的な格好をしているのだ。

その気にならない男はいないとフレデリックは胸中で断言する。

だからこそ、今晩中にアルフォンスを再起不能の状態にしておかねば、もしかしたら今夜はキスでは済まないかもしれない。

（娘にはまだ早い！）

フレーチカはもう十七歳。年齢的に決して早いというわけではないのだが、フレデリックからすればまだまだ早かった。

ゆえに激突を避ける理由は皆無。

そしてそれはアルフォンスも同様だった。

（今夜は食後からずっとフレーチカが妙によそよそしかったし、ベルファ姉さんも何か気合が入っていたし、きっと何かある——！）

シックスを伴って夜半に庭の散歩をしていたのも、自分を落ち着かせるためであり、既婚者であるシックスに夫婦の付き合い方のノウハウを教えてもらっていたからだ。

（賊がいたと分かったら、フレーチカも不安になる……きっと今晩もキスもできないまま終わってしまう……そうなる前にケリをつける！）

アルフォンスの瞳に、怒りを越えた、決意の感情が漲《みなぎ》る。

「だから今！」

「ここでお前を排除する！」

アルフォンスとフレデリックの叫びが唱和した。

片や、妻への愛情を天井知《てんじょう》らずに高めた『愛の力』で超人的な能力を得たアルフォンス。

片や、最上位のドラゴンブラッドで無類の戦闘力を有する王国最強の戦士フレデリック。

互いに武器は要らない。

ただフレーチカのため、二人は拳を握りしめた。

「往くぞ！」

同時に吠えて両者は激突した。

ギフトを最大限発揮させ、全身全霊全力を乗せただけの、純粋な拳と拳。

高速で繰り出された互いのパンチが交錯し、同時に互いの顔面を捉《とら》える。

直撃と同時に凄《すさ》まじい衝突音が庭中に響く。両者ともに、回避など微塵もする気のない一撃だった。

人智を超えた破壊力という意味では、攻撃力は同等。

しかし――

吹き飛んだのは、アルフォンスだけだった。

「なっ……」

不審者の拳が想像以上の攻撃力だったのは事実だ。『愛の力』で防御力が高まっていなければ即死してもおかしくなかったほど。

しかしそれでも、自分の攻撃も直撃したはず。

だというのに、フレデリックはまったく動じた様子もなく、闇夜にドラゴンブラッドを輝かせながら、悠然と直立不動を保っている。

その顔面は一切無傷で、何らダメージを負った様子すらない。

「良いパンチだったのだろう。が、悲しいな」

フレデリックは呟く。


「俺には、あらゆる攻撃が通らない」


――第二王子フレデリック・エイギュイユ。

彼を最強足らしめているのは、ドラゴンブラッドではない。

それだけならば、力の大小はあるものの、他の王族たちも生まれながらに持っている。

ドラゴンブラッドをも上回る、絶対の能力があるのだ。

彼の人生の中で巡り会った最愛の妻と結婚し、芽生えたホーリーギフト。

それこそが**『ノーダメージ』**。

その名の通り、この世に存在する、いかなる攻撃手段をも強制的に無効化する力だ。

第六章

最強の男

——拳《こぶし》の撃ち合いが続いていた。

最初その光景を目にしていたのは、夜目の利《き》く野の獣たちくらいだろう。

野生の観客たちの好奇と恐怖に満ちた視線に晒《さら》されながら、アルフォンスとフレデリックは全力の殴り合いを続行している。

すでに数十発、相手の拳をノーガードで喰《く》らい合っていた。

『愛の力』の防御力をもってしてもアルフォンスの顔面はすでに腫れ、無尽蔵と思えるほどの鼻血を流しながら、全身に青痣《あおあざ》を作っている。

しかし、同じだけの攻撃を喰《く》らっていながらも、『ノーダメージ』を有するフレデリックは今も無傷だった。それどころか戦えば戦うほど全身の血流が勢いを増し、ドラゴンブラッドの力もその激しさを増していく。

「ここでお前を倒さなきゃ、フレーチカが！」

アルフォンスの心はそれでも折れない。何度顔面に痛烈な一撃を喰らおうと、怯《ひる》むことなく気骨だけで体を動かしていた。

「ここでお前を倒さねば、フレーチカが！」

必死で喰らいつく敵を前に、娘の貞操を守らんとするフレデリックも一歩も譲らない。こと戦闘において最強の自分に肉薄し得る『愛の力』の攻防一体の効果を前に、ドラゴンブラッドの攻撃力と『ノーダメージ』の絶対防御の真価を極限まで発揮させ、熾烈な攻撃を繰り出し続ける。

アルフォンスはすでに満身創痍で、フレデリックが口にしたフレーチカの名すらもう耳には入っていないだろう。

状況は圧倒的にフレデリックが優勢だ。なにせ彼は何十という攻撃を受けてなお、未《いま》だまったくの無傷なのだから。

だがそれでもフレデリックは手を休めない。

それどころか、回数を重ねる度に一撃一撃が重くなっていく。

当然だろう。今まで彼の攻撃をここまで受けて立っていられた敵などいなかったのに、それでもアルフォンスは倒れることなく向かってくるのだから。

「ははっ！　まさかこの国に、これほどの男がまだいたとはな！」

相手の顔面を思う存分殴りつけながら、フレデリックは歯を剝《む》き出しにして笑った。

フレーチカの夫でさえなければ、とっくに手心を加えていただろう。すでにそれだけの好感が芽生えてしまっている。

「姉さんから教えられたんだ。女の子を守るためなら、たとえ自分がボコボコにされたって、必ず相手に立ち向かえって――！」

「だったらやってみろ！　姉離れも出来ぬ若造に、守れる矜持《きょうじ》があるのなら！」

アルフォンスが無我夢中で放った高速の拳を平然と胸で受け、フレデリックはお返しとばかりに強烈なボディブローを相手の腹部に叩《たた》き込《こ》む。

アルフォンスの一撃は確かにフレデリックの心臓と肋骨を直撃したが、それだけだ。どんな攻撃でも一切《いっさい》の負傷を負わない以上、心臓が止まることはないし、肋骨が折れることもひび割れることもない。

「おれはシスコンじゃねぇ！」

「それを俺《おれ》に言ってどうする！」

それでもアルフォンスは反撃を続け、フレデリックも容赦なく迎え撃つ。

超至近距離で殴り合っているとはいえ、これだけ攻撃の応酬が続けば外れる拳もある。

空振りしたアルフォンスの拳は虚空に突き刺さり、空気を殴り飛ばして起こした衝撃波で庭の樹を圧《へ》し折る。すっぽ抜けたフレデリックの拳は勢い余って地面へと叩きつけられ、地響きを起こす。

ここまで騒がしくすれば、誰《だれ》にも気づかれないまま、というわけにはいかない。

「いったい何事だ！」

戦いの余波で起きる轟音を聞きつけ、慌てた様子でフレーチカたちが部屋から外に出てきた。

彼女たちの目に飛び込んでくる、壮絶に殴り合うアルフォンスとフレデリックの姿。

「お父様！」

暗がりの中で、しかもフレーチカにとっても初めて目撃するドラゴンブラッド発動時の姿だったが、それでも彼女はすぐに夫と戦っている相手が誰か理解した。

「第二王子、フレデリック・エイギュイユ……」

「えっ、あれが王国最強の？」

面識のあるベルファも同様だ。見た目だけは貧相とさえ言える中年男の姿に戸惑うシルファを尻目《しりめ》に、久しぶりに目にした義兄と実の弟が戦う様にベルファも驚きを隠せない。

「姉さま方、二人を止めないと！」

「待て」

自分が下着姿のままであることすら忘れた様子で慌てて割って入ろうとするフレーチカだったが、そんな彼女をベルファは引きとめる。

今あの間に飛び込むのは竜でさえ自殺行為に等しい。

「ですが父には『ノーダメージ』のギフトがあります！　このままではアルフォンスが！」

「いや、見てみろ」

「うん、アルくんは負けてないよ」

取り乱すフレーチカに比べれば、ベルファァは冷静に戦いの趨勢《すうせい》を見ていた。それはシルファも同様だ。

「え――」

一方的にやられているのはアルフォンスのはず。

しかし、二人の姉たちが弟に向ける信頼はいったいどうしたことだ。

逸《はや》る気持ちを抑えてフレーチカも戦う夫の姿を見て、そして気づく。

「傷が……回復しています！」

そう。フレーチカの言うとおり、フレデリックとの殴り合いで満身創痍の傷を負っていたアルフォンスだったが、全身に受けた傷が時間経過とともに回復していたのだ。

「まさか、まさかだ！」

無論、真正面から殴り合いを続けているフレデリックは、誰よりも早くアルフォンスの回復に気づいていた。

しかもその回復速度が尋常ではない。あらゆる傷も、打撲も、骨折も、どんな回復魔法よりも速く修復していく。

「まさか最強を生きてきた俺に、ここまで匹敵《ひってき》できる人間がいたとはな！」

「うおおおおおおおッ！」

それでも、一切のダメージが発生しないフレデリックと違って、アルフォンスは攻撃を喰らう度に悶絶するほどの激痛を味わっているはず。

にもかかわらず、止まらない。

まさしく無敵としか言いようのない能力を持つフレデリックを相手に、どれだけ攻撃を続けても意味がないとすでに分かっているはずなのに、心折れず、くじけず、時には無傷のフレデリックを上回る速度で反撃を放つほどだ。

「これが、『愛の力』の効果……！」

その姿にフレーチカは目を潤ませた。

まだ結婚して一週間と数日しか経《た》っていない。キスすらしていない。だというのにこれだけの攻撃力、防御力、精神力、そして回復力を発揮している。それら全《すべ》てがアルフォンスに芽生えたフレーチカへの愛情の強さを証明している。

チョロいと言うなら激チョロだろう。

だが、フレーチカにはそんなアルフォンスの愛情が何よりありがたかった。

ましてや、親の愛をまともに享受できない生き方を強制されて過ごしてきた彼女にとってはなおのこと。今まで生きて来た中で、最も求めてやまないものだったのだから。

「アルフォンス！　がんばって！」

だからこそ、夫と父が戦っている事情はまったく分からなかったが、彼女はアルフォンスを応援した。

その声援は、今まで無我夢中で撃ち合っていたアルフォンスとフレデリックの耳にも届いた。

「任せろ、フレーチカ！」

アルフォンスの攻撃はさらに速度を増し、一方でフレデリックの攻撃が鈍る。

娘の声援が敵に向けられているという事実が、親バカには堪《こた》えたらしい。

「どうした、どんな攻撃も効かないはずじゃなかったのか！」

「お前の拳が痛かったわけではない！　娘がお前を応援していたのが精神的にダメージだっただけだ！　無敵の能力であっても、俺だって人の親だぞ、心くらい傷つく！」


「えっ……お義父さん…………？」


「お義父さんなどと呼ばれる筋合いはないわッ！」

ようやく自分が戦っている相手の正体を知り、呆気《あっけ》に取られるアルフォンス。その一瞬を見逃さず、フレデリックの渾身の一撃がクリーンヒットする。

不意打ち同然の一撃に踏ん張りが効かず、アルフォンスは盛大に殴り飛ばされた。

飛ばされた先には屋敷の壁がある。激突は避けられない。

「ぐうっ！」

アルフォンスの体はそのまま屋敷の分厚い壁を突き破り、瓦礫を巻き込みながら奥へと吹き飛ばされる。

　壁の先はファゴット家名物の大浴場だった。

　壁を突き破ったアルフォンスの体は浴槽へ。幸い浴槽にはすでに湯が張られていたので、受け身を取る必要なく衝撃は緩和された。

「まさかここまで殴り飛ばされるなんて」

　湯船からは気分を高揚させる薬草の香りが漂っている。大方、ベルファあたりが弟夫婦の今夜のためにと気を利かせて準備していたのだろう。

　ずぶ濡《ぬ》れになった体で立ち上がるアルフォンスの目に、壁の大穴と瓦礫を踏み越え、追撃にやって来たフレデリックの姿が映る。

「よくも我が家の風呂《ふろ》を！」

「弁償はする！　俺は王子だぞ！」

　台詞の応酬は極めて緊張感がなかったが、両者の戦意はまったく衰えていなかった。

　互いに歩み寄り、互いの顔面を突き合わせ、互いにメンチを切り合う。

　戦いの場を庭から大浴場へと移し、すぐにも苛烈な殴り合いが再開された。

「あんたが王子なら、娘も王女になるはずだろ！　なのになぜフレーチカは不自由な暮らしをしなきゃいけなかったんだ！」

「俺が王子だったから、しがらみがあったのだ！」

「だったら王子なんて辞めちまえ！」

「まったくお前の言う通りだよ！」

子どものような口喧嘩をしながらも全力で殴り合う手は両者一切止めない。

「惚《ほ》れた女が産んでくれた一人娘だぞ、本当なら、毎日でもこの腕に抱き締めて暮らしたかった！　毎日でも愛していると言ってやりたかった！」

「最強のくせに、そんなありきたりな望み一つ叶《かな》えられなかったのかよ！」

アルフォンスの顔面を鉄拳で粉砕して黙らせるフレデリックだったが、すぐにもアルフォンスは負傷を回復させ、立ち向かってくる。口ごたえしてくる。絶え間ない攻撃にすかさず反撃を合わせてくる。

「正論で殴り掛かって来るな！　お前のショボいパンチよりそちらのほうがよほど効く！」

「義理の息子に説教されたくらいでダメージ喰らってるんじゃねぇ！」

「俺はノーダメージだ！」

渾身の拳でアルフォンスを湯船に沈めるフレデリック。

だがアルフォンスもただで殴られはしない。その瞬間にフレデリックの足を取り、相手も湯船に引きずり込む。

「そもそもいつお前が俺の息子になった！」

「遡ること一週間と三日前だ！」

「誰も数えろとは言っていないッ！」

湯船の中で暴《あば》れながら、相手にマウンティングを取ろうとするアルフォンスとフレデリック。

すでに殴り合いは醜い取っ組み合いになっていた。

アルフォンスはフレデリックの頭を摑《つか》み、湯船の中に落とした。フレデリックは大量の湯を飲みこむ羽目になったが、『ノーダメージ』は窒息の心配すら起きない。

外敵からの攻撃が効かないというのは超常的な概念に近い。転倒して足を打ったり、紙で指を切ったりするのも、躓《つまず》いた石や紙からの攻撃として含まれるため負傷しない。

無敵というのは何ら比喩ではないのだ。

「とにかく俺はお前を息子と認めるつもりはない！」

暴れるアルフォンスを跳ね除け、フレデリックは湯船から立ち上がり、熱湯に濡れた黒髪を煩《わずら》わしげに掻《か》き上げた。

大浴場に空いた穴から外の冷気が入り、湯船から立ち込める湯気を払う。

瞬間、立ちくらみが起きた。

よろめいたのはアルフォンスではない。

フレデリックだ。

「何……？」

その感覚に、フレデリックは戸惑いの声をこぼした。

長年『ノーダメージ』の恩恵で肉体へのありとあらゆるダメージを無効化してきた彼が、いくら百発近く殴られたとはいえ、立ちくらみなど起こすはずがない。

「まさか……！」

『ノーダメージ』の恩恵で、フレデリックは確かに一切の負傷を負わない。

あらゆる外敵だけでなく、自身の自傷すら攻撃として無効化するほどだ。自分で放った攻撃が外れて自分に当たったとしても、やはりダメージは発生しない。

ゆえに自滅はないと、フレデリックはそう思っていた。

——今この瞬間までは。

頭に血が上っていたフレデリックは、すぐに気づけなかった。

否。頭にまで血が上っていた事こそが、立ちくらみの原因だったのだ。

「ドラゴンブラッドが暴走しているのか！」

フレデリックの経験上、ここまで戦いが長引いたことはない。

今までどんな敵が相手であっても瞬殺してきた最強の男だ。

つまりそれは、ドラゴンブラッドを長時間発動させ続けたことがないということ。

しかも、戦った場所が悪かった。風呂やサウナといった温度が高く熱気のこもった場所では、普通は暴れないのが当たり前なのだから。

強い魔力を帯び、全身を激しく駆け巡る血流。そんなものを風呂場で長時間運用していれば、常人でなくとも立ちくらみくらい起きる。

そして、立ちくらみが起きてしまうほどに、フレデリックの体が脈動するドラゴンブラッドの力を制御できなくなっていたのだ。

「あんたが息子と認めなくても、おれはフレーチカの夫だ」

忌々しげに目眩《めまい》を払おうとするフレデリックへと、アルフォンスも湯船から立ち上がり、対峙《たいじ》する。

アルフォンスは熱い風呂にもサウナにも慣れている。ファゴット家に生まれた者なら誰もがそうだ。立ちくらみなど起こすはずもない。

「それは誰にも否定させない」

そのとき、アルフォンスの目にフレーチカの姿が映る。

壁の大穴からフレーチカが二人を追って様子を見にやって来たのだ。

「おれはフレーチカのことが大好きだよ」

「はい！　わたしもです！」

アルフォンスの言葉に、フレーチカが大きく頷《うなず》く。

どうして彼女があんな目のやり場に困る下着姿なのかは分からなかったが、アルフォンスはフレーチカに応《こた》えてもらえたことで、これまでにない力の高まりを全身で感じていた。

そしてフレデリックもまた、アルフォンスが娘を強く愛していることを、否応なく理解せざるを得なかった。

　ドラゴンブラッドと『ノーダメージ』を両立する自分とこれだけ戦える相手だ。ならばその強さの理由は彼の持つホーリーギフトに他ならないということくらい、フレデリックにも理解が及ぶ。アルフォンスがフレーチカと婚姻したことで発現したギフトなのだから、二人の愛が真実ならばその強さは計り知れないと、そう本能で悟った。

　フレデリックもまた最愛の妻を迎え、無敵のギフトを発現させた男なのだから。

「若いな……」

　アルフォンスとフレーチカの姿に眩しさすら感じ、フレデリックは目を細める。

　いかに無敵のギフトといえども、妻の死や、娘と引き離された心の痛みや苦しみからは、フレデリックを守ってくれなかった。真に最強無敵ならば、あんな悲しい思いをすることなく、妻も娘も守り抜けたはずなのに。

「お前に、フレーチカを守り通すことが出来るか？」

「出来る！」

「なら、俺を倒して証明してみせろ！」

　万感《ばんかん》の思いとともにフレデリックは目の前の男にそう告げた。

　ドラゴンブラッドは今も暴走し続けている。が、その程度の負担などこの戦いの前ではどうでも良かった。

全身を巡る血の熱さより、アルフォンスの熱さに心があてられていた。

「そういえば忘れていた。兄貴……王太子ブリジェスからの言伝《ことづて》を預かっていたのだ。フレーチカと別れるならば、王太子直々に、破棄されたお前と伯爵家の娘との婚約を取り成してくれるそうだが――」

「フレーチカ以外の嫁なんて、要らん！」

アルフォンスが吠えた。

「だろうな！　そう答えなければお前の命は無かったぞ！　だが俺から娘を奪おうとするのも、万死に値すると知れ！」

フレデリックも負けじと吠えた。

フレーチカの存在だけが、今の彼の生きる意味。

強いだけの冴《さ》えない中年男から唯一の生き甲斐を奪うのであれば、その強さ以上の気概を見せない限り、二人の仲を認めるなどあり得ない。

無類の回復力を有するアルフォンスと、無敵のフレデリック。互いの攻撃力と防御力も規格外。絶対に倒れない二人のうち、どちらか片方が倒れるまでのどつきあい。

両者、高速で接敵し、爛々と輝かせた眼光を残像にして光の軌跡を描き、これまでの死闘で最大威力の拳を最高速度で繰り出す。

互いの顔面を狙《ねら》う拳と拳が、真正面から激突する。

砕かれたのはアルフォンスの拳だ。

だが、割れた手の甲はすぐに回復し、歪《いびつ》に折れた指の骨も瞬時に完全修復される。アルフォンスは噛《か》み砕《くだ》かんばかりに歯を噛み締《し》めて痛みに耐え、ただただ、フレデリックの拳を粉砕するためだけに腕を突き出す。

一方、ギフトの恩恵でアルフォンスの凄《すさ》まじいパンチすらまったくダメージを通さない、まさに無敵と呼ぶに相応《ふさわ》しいフレデリックの拳。

しかし、荒れ狂うドラゴンブラッドの血流が、彼の腕の血管の中で、ついに弾《はじ》けた。

それでも血管は破れない。無敵のギフトはフレデリックの体が傷つくことを絶対に許さない。

だが、血の暴走もまた止めようがない。

相反する力と力の暴走がフレデリックの右腕で起こり、彼はもう、拳をアルフォンスに向けて放つどころか、パンチの体勢すら維持できない。

「フレーチカは、おれが幸せにしてみせる！」

アルフォンスが顔を真《ま》っ赤《か》にして叫ぶ。

その拳はついにフレデリックの拳を弾き返《かえ》し、流星のような速度でフレデリックの右頬《ほお》へと豪快に叩き込まれた。

――ダメージは、やはり無い。

殴り飛ばされながらも当然の如《ごと》く無傷。しかしなぜか、フレデリックが今まで負ってきたいくつもの心の傷の痛みも、一緒にどこかへ消し飛ばされた気がした。

「こんなに心が軽いのは、いつ以来か」

床に投げ出され、フレデリックは初めて天を仰《あお》いだ。

まだ立ち上がる力はある。

が、立ち上がる気になれなかった。

「大丈夫ですか、お父様！」

フレーチカがフレデリックのもとへと駆け寄る。

倒れたまま天を仰ぎ続けるフレデリックの目に、涙ぐむ娘の顔が映った。

娘の泣き顔くらい、父親ならどういう泣き顔かひと目で分かる。今の涙は、先ほどのアルフォンスの言葉を聞いて流した嬉《うれ》し涙《なみだ》だ。

アルフォンスより先に父親のもとに駆け寄ったのも、傷ついた夫より父親を優先したからではない。

娘の目には、父親が敗れたように見えたのだ。

勝敗を決めるなら――フレデリックにはそれで充分すぎた。

父は娘に言う。

「フレーチカ…………早く何か服を着なさい」

「あ、あぅ」

その言葉に、ようやく自分がネグリジェ姿のままだと思い出したのか、フレーチカは赤面するとともに恥ずかしそうに縮こまる。

「……こうして直に会えたのも久しぶりだな。元気そうで何よりだ」

「はい」

不器用な父の言葉に、フレーチカはゆっくりと頷いた。

そして、どうしても父に言わなければならない言葉を紡《つむ》ぐ。

「……お父様にお母様がいたように、今、わたしにはアルフォンスがいます。お父様の心配してくれる気持ちは嬉しいです。でも、今のわたしはそれ以上に、アルフォンスの気持ちが嬉しいの」

「そうか。…………ならばやはり俺の負けだな」

娘から素直な気持ちを打ち明けられたことで、本当に久しぶりに父親に戻れたような気がして、フレデリックはつい涙ぐむ。

「これで、おれをフレーチカの夫と認めてくれますか、お義父さん」

「お前に負けたわけではない。娘に負けただけだ。あとお義父さん言うな」

フレーチカに続いて歩み寄ってきたアルフォンスに向け、フレデリックは露骨に唇を尖《とが》らせてそう言った。

「いいか。俺が認めたのはあくまでフレーチカの幸せだ。お前が良いとフレーチカが言うから黙認するだけで、俺がお前を娘の夫と認める日は来ない。絶対来ない。ましてや義理の息子として扱うなど、未来永劫あり得ない。絶対あり得ない」

「もう！　お父様ったら！」

「ふん」

娘の顔を見たときは負けでいいと思ったはずなのに、娘の夫の顔を見た瞬間憎たらしすぎてノーカウントということになった。

現にフレデリックは余裕で戦闘を続行できる。体は傷一つないし、ドラゴンブラッドも今までの人生で一度もなかったほどに最高出力だ。

――そう。戦いが終わったというのに、今も何故《なぜ》か最高潮のままであった。

「何？」

フレデリックは自分の体の異変に眉《まゆ》をひそめた。

今までの人生で経験したことのないほどのドラゴンブラッドの昂ぶりは、尚も続いている。

先ほどの立ちくらみを起こしたときと同様、不気味なほどにどくんどくんと心臓の鼓動と血流の強い巡りを感じられる。

まるで、血が悲鳴を上げているようだ。

「どうしたのですか、お父様？」

「お義父さん？」

困惑が伝播したのか、アルフォンスもフレーチカも怪訝そうな顔を浮かべている。

今の今までフレデリックは、ドラゴンブラッドの暴走は長時間の戦闘による酷使が理由だと、そう思い込んでいた。

だが、それは違う。フレデリックはフレーチカの顔を覗《のぞ》き込んで、悟った。

ドラゴンブラッドが暴走しているのは、フレーチカの存在に呼応したからだ。

愛娘《まなむすめ》の瞳《ひとみ》に晒されるだけで、視線に射抜かれるように身がざわつく。


血が、怯えているのだ。


異変は、フレーチカも感じていた。

いや、正しくは、自覚させられていたと言うのが正しいだろう。

最愛の夫が父との戦いに勝ち、婚姻を父に認めてもらえた。どう考えてもこれで大団円だ。

なのに、全身を苛《さいな》む違和感、不快感、そして言い知れぬ酩酊感があった。

不安に心がざわつく。

フレーチカにとっても初めての経験だ。

――否。

一度、どこかで感じたことがあった。

あれは確か――

『それ以上、我慢せずとも良いだろう』

声が、フレーチカにだけ届いた。

フレーチカの深層意識の底の底から、漏《も》れ出してくるかのように、彼女にだけ聞こえる声で何者かがそう囁《ささや》いていた。

『ここまで強いドラゴンブラッドを前にして、辛抱できぬのであろう？』

囁き声はなおも語りかけてくる。

『最高の晩餐を前にした気持ちか？　フフ、お前のことは誰よりもよう く分かっている』

どこからだろう。

フレーチカは、声の主《あるじ》を探して周囲をぐるりと見回した。

こちらを愕然とした面持ちで見つめている父。違う。

心配そうに顔を覗き込んでくれている夫。違う。

声の主はもっと近くにいた。

フレーチカのすぐ傍だ。

手を伸ばせば、もうそこにいるかのような近さ。

表裏一体の、表と裏。

影だ。


『その欲望の名を、なんと呼ぶか教えてやろうか？』

声は、フレーチカ自身の影から聞こえていた。

気持ちが抑えきれなくなったとき、話し相手のいなかったフレーチカは今までずっと自分の影に語りかけていた。

今は逆。

影がフレーチカへと語りかけている。

「あなたはいったい――」

周囲の戸惑いの目も気にする余裕もなく、掠《かす》れた声でフレーチカは呟く。

彼女は覗き込むようにして自分の影に顔を近付けていた。

その影が囁く。

耳にへばりつくような、陰湿な声で。


『――食欲だ』

瞬間。

長い前髪に隠れていたフレーチカの瞳が、大きく見開かれた。

「フレーチカ……？」

娘の異変に気づき、その顔を見上げるフレデリック。

いつの間にかフレーチカの瞳から、涙が枯れていた。

片目を隠していた長い前髪が除《の》けられ、両の瞳が爛々と輝いている。

「フレーチカ、どうかしたの？」

妻へと呼びかけ続けるアルフォンスも先ほどから戸惑うばかりだ。

「アルフォンス、フレーチカ、無事か！」

「無事ー？」

そんな中、シルファとベルファも遅まきながらその場にやって来た。

彼女たちもまた、フレーチカが放つ異様な空気を感じ取り、足を止める。

「フレーチカ？」

誰が言葉をかけても返事はない。

彼女はただ、父の姿を見下ろしたまま、ぽつりと言った。

「おい、し、そう」


その目つきは、すでに常軌を失っている。

湯気で湿った長い黒髪がフレーチカの体に纏《まと》わりつく。

いや、それだけではない。

彼女の影が蠢《うごめ》き、広がり、立体となって、フレーチカ自身の肌を侵食していく。


誰も知らない。

知るわけがない。

王国の歴史上、ドラゴンブラッドが発現しなかった王族はいないとされている。

だからこそフレーチカは不義の子という疑いをかけられ、排斥された。

だが、彼女は真実、フレデリックの血を引く娘である。

ドラゴンブラッドを持たない王家の人間は、過去にも一人だけ存在していた。

伝承にも残っている。

現に王太子であるブリジェスも、例外中の例外として、頭の片隅には留めていた。

疑問を持って調べれば、誰でも簡単に突き止められたはずだ。単に、その人物がドラゴンブラッドを持っていなくても、誰も不思議に思わなかっただけの話で。

その人物の名は、エイギュイユ。

己《おのれ》が食欲のために同族の全てを狩り尽くし、食い尽くし、最後には自分の死肉を喰らうため人間に転生までした悪食《あくじき》の邪竜《じゃりゅう》。

守護竜として称えられた後に人間に生まれ変わり、後に千年王国を建国する子孫たちを残したエイギュイユ自身は、ドラゴンブラッドなど持っていなかった。

――だが、エイギュイユが自らに施した転生の秘術がたった一度きりのものであったなど、誰が言い出したのか。

転生の秘術により、エイギュイユは千年周期で己の血を引く子孫の一人として生まれ落ちる。

その者にドラゴンブラッドは発現しない。

該当する少女が一人いる。

フレーチカ・エイギュイユ。

それが美食竜の二人目の転生体の名であった。

「フレーチカ、大丈夫……？」

妻の様子から感じる異変が消えず、アルフォンスは心配そうに彼女の背中をさすろうと手を伸ばしたが――その手がフレーチカの体に触れることはなかった。

威圧感。

アルフォンスすらたじろぐほどの不気味な魔力が、今のフレーチカの肉体を覆《おお》っている。

いや、その不気味な魔力は、フレーチカの内側から溢《あふ》れ出していた。

「……アルフォンス、逃げて…………」

自らの影に覆われていくフレーチカには、そう声を絞り出すのが精一杯だった。

だが、その声はあまりにか細く、アルフォンスには届かなかった。

そして続く言葉は——もうフレーチカのものではなかった。

「おはよう、人の子ら」

変貌を遂げたフレーチカが、声色をがらりと変え、歌うように呟《つぶや》いた。

両の瞳を露わにし、妖艶な夜着の上から体に纏わりついた影を衣の如く纏い、それはまるで黒い花嫁のような出で立ちで、彼女は笑う。

今までアルフォンスたちに見せていた、親しみを覚える魅力的な笑みではない。

まったく別種の、冷笑に近い酷薄《こくはく》な笑い方だ。

「フレーチカ……？」

戸惑うアルフォンスを尻目に。

少女の姿を奪った存在は、笑みとともに口を開く。

「否。妾《わらわ》はエイギュイユ。お前たちからは美食竜と。そして今は滅びし同胞たちからは悪食のエイギュイユと呼ばれていた」

上機嫌に、そして邪悪に。

「お前たちがフレーチカと呼んでいた女は、妾の二度目の転生体だ。記憶は共有しているゆえ、お前たちのことはよく分かっている」

フレーチカの口からそんな言葉が飛び出してきても、この場にいる誰もが、それを信じられなかった。

当然だ。

急に受け入れられるはずがない。

だがそれは、エイギュイユを前にして、致命的な油断であった。

「影よ、爆《は》ぜよ」

それが魔力行使を意味する呪文詠唱だとは、最初誰も思わなかった。

しかし次の瞬間、アルフォンスの足元で、自身の影が爆ぜる。

「なっ！」

予想外の攻撃にたまらずアルフォンスは吹き飛ばされた。

なにせ爆心地は自分の足元だ。いくら身構えて警戒していようと、対処するにも無理がある。

エイギュイユは吹き飛んだアルフォンスを冷然と見据え、言う。

「アルフォンス、お前の力は強大だ。妾にとっては邪魔になる」

「小僧！」

「動くな。体をいたわれ、フレデリック」

倒れている場合ではないと起き上がろうとしたフレデリックだったが、その体はまったく動かなかった。

見ればフレデリックの影が蠢き、自身の肉体を地に縛り付けている。

そんな父親の姿をエイギュイユは呆《あき》れた眼差《まなざ》しで見下ろす。

「お前は知らぬのか？　激しい運動をして毛細血管が破裂すると、血が肉にまわり、その味が著しく落ちるのだ」

落胆の声色でエイギュイユは言った。

ようやくこの場の誰もが、目の前のフレーチカの姿をした者がフレーチカではないことに、遅まきながら気づく。

「肉の味、だと……？」

フレデリックが抵抗とともに呻《うめ》いた。

が、もがけばもがくほど彼の体を縛る影は複雑に絡《から》み合《あ》ってへばりつき、その身動きをより一層封じていく。

「然《しか》り。お前は妾にとって大事な晩餐。無論お前だけではない、エイギュイユの名を持つ全ての王家の者が、千年にわたり妾のために育てられてきた、馳走なのだ」

エイギュイユはさも当然と言わんばかりの口調で言った。

「王家の人間たちが馳走……？」

その言葉の意図に理解が及ばず、弟夫婦の様子を静観していたベルファが顔を歪《ゆが》める。

「待ってよ。あなたが本当にエイギュイユなら、なんで人間なんて食べたがるの？　そもそも、好物だった竜の心臓が食べられなくなったから死んだんでしょ？」

相手の威圧感にも物怖じせず問《と》い質《ただ》したのはシルファだ。こんな状況でも頭の回転は速いようで、彼女の口にした質問はこの場全員の疑問でもあった。

「シルファ。確かにお前の言うとおり、妾は古き世を去った。同族たちを餌とし、親兄弟すら喰らい、浅ましくもその果てに自らの死肉を貪るために人の身に転生したほどだ。そう、妾の食欲を満たす馳走は、この世から確かに滅びた」

悲しげにエイギュイユは言った。

そこから彼女は表情を一転させ、凄絶《せいぜつ》とも言える笑顔を浮かべる。

「だからこそ、次の転生に備え、妾は自分好みの餌を新たに育むことにした。そのために人の子らにドラゴンブラッドを与えた。つまり――」

エイギュイユは喜色満面の笑みに慈愛にも似た感情を込め、倒れたままのフレデリックを見やる。

だがその眼差しは他者を尊ぶためのものではない。

好物に向けるそれだ。

「品種改良を施したのだ」

エイギュイユの言葉を、すぐには誰も理解できなかった。

「好物が絶えた後は、人間たちが妾の舌を満足させられるだけの食材になるよう、ホーリーギフトを用いた交配で力を宿させ、何代にもわたり世代を重ねさせ、肉の質を高めさせた。その心臓が、竜の心臓に匹敵する味となるようにな。ドラゴンブラッドの本質は、宿主に力を与えることにあらず。宿主の体内を巡り、人の心臓を強靭なものへと作り変えることにある」

それが美食竜と呼ばれる所以《ゆえん》。

あさましいほどに食欲旺盛な、狂ったグルメ。

「ゆえに妾の転生体であるフレーチカにはドラゴンブラッドなど不必要だった。フレデリック、お前の妻は真に貞淑《ていしゅく》であったよ。だからもうストレスを感じるな、肉質に障る」

「人間の心臓を、竜に近づけさせるだと……?」

フレデリックは愕然と声を震わせた。

今この場においては妻の潔白の事実など二の次。

しかし確かに、彼の強さは竜たちに匹敵すると称えられるほど。人の肉体を竜に近しいレベルに引き上げたというエイギュイユの言葉は真実味を持っている。

「然り。お前たちに美味《おい》しくなって欲しいという親心だ」

「王家の人間は全て、お前の腹を満たすために存在しているとでも言うつもりか！」

「そうだぞ？」

あっけらかんとエイギュイユは言う。

「ドラゴンブラッドを得、王族たちは繁栄してくれた。良い環境の中に身を置き、教養を得、血を濃くし、喰らうに値せぬ人肉の味を少しずつ竜の味へと近づけてくれた」

「王国そのものが、王族という食材を育てるための養豚場だったわけか。国内の貴族連中がありがたがっていた王家の血は、まさにブランドの血統書だな」

ベルファが苦々しげに言った。

彼女もかつては王家に嫁いでいた身。王国の裏に隠されていた真実に顔を歪めるのも無理はない。この真実を知らされる前に最愛の夫が病で没し、エイギュイユの晩餐として扱われずに済んだことに、心の隅で安堵《あんど》した。

そんな中。

「――では、待望の実食に移ろう」

拘束されたままのフレデリックの体を見下ろし、エイギュイユが舌なめずりする。

ドラゴンブラッドが人体を品種改良する呪《のろ》いであった以上、歴代の王族の中でも最も強い血の力を有するフレデリックは、最も彼女好みとなり得る極上の食材でしかない。

「させるか！」

「私たちがそれを許すと思う？」

いかに相手が守護竜とはいえ、その真意を知った以上は暴挙を見逃す理由はない。今はもう家族であるフレーチカの手を悪逆で汚させるなど、姉として見過ごせるはずもない。

――が、フレデリックを助けるべくエイギュイユの前に立《た》ち塞《ふさ》がったのは、シルファとベルファの二人だけだった。

「アルくん？」

驚きの顔でシルファがアルフォンスを見る。

弟は先ほどの影の爆発に吹き飛ばされ、倒れたまま。

酷《ひど》い手傷を負っていて、すぐにも動ける状態ではなかった。

ギフトの効果でいかなる傷も回復するはずが、修復は遅々として進んでいない。

フレデリックとの戦いにおいて、アルフォンスの『愛の力』は最大限の効果を発揮し、どんな傷も瞬く間に修復したというのに、今はなんの音沙汰もない。

「だ、駄目だ……」

いや、それだけではない。

「おれがフレーチカを助けなきゃいけないのに、まるで力が出ない……！」

どれだけの攻撃を喰らっても立ち上がれるはずの超人的な力の一切が、アルフォンスの体から抜け落ちていたのだ。

「どうしたアルフォンス。己が妻の浅ましい正体を知り、愛の熱も冷めたか?」

その様子に、エイギュイユは愉快そうに笑った。

アルフォンスの『愛の力』の効果は、彼がどれだけ己の伴侶に愛情を向けているかで決まる。愛情の大小で力の強弱が決まってしまう。

アルフォンスとフレーチカの婚姻契約は結ばれたままだが、今、フレーチカの肉体は完全にエイギュイユとしてのもう一つの自我の支配下にある。

つまり彼の妻は今、覚醒《かくせい》してフレーチカに成り変わったエイギュイユなのだ。

アルフォンスからしてみれば、エイギュイユへの愛情など、まったくのゼロ。それどころかマイナスとさえ言っていいだろう。

「アルフォンス。絶対的な力を発揮していたお前の『愛の力』は最早、お前自身の力を弱体化させる枷《かせ》でしかないようだ。戦う力などもうありはせぬ。それともまさか、こんな妾を愛してくれるのか?」

エイギュイユはフレーチカの顔を歪めさせて、絶望の面持ちを浮かべたアルフォンスへと笑いかけた。

第七章
愛をとりもどせ

アルフォンスが戦えないと見るや、姉たちはすぐにも臨戦態勢を整えた。

王国最強と呼ばれたフレデリックは、今も影に束縛されたまま一切《いっさい》の身動きが出来ない。

無敵の『ノーダメージ』といえども、ダメージの発生しない干渉を無効化することは不可能。

つまり現状、エイギュイユと戦えるのはシルファとベルファの二人だけなのだ。

「ドラゴンブラッド！」

躊躇なくベルファは夫の遺した力を発動させた。

心臓から全身へと張り巡らされた血管、動脈静脈問わずその中を走る大量の血液が、瞬く間に魔力を帯びて赤く輝き始める。エイギュイユの言うところの餌の証だ。

ベルファは赤い光の筋が幾本も浮いた腕を伸ばし、動きにくいドレスのスカートの裾《すそ》を自ら引きちぎり、奔流する力を抑え込むため、あろうことか四つん這いの姿勢を取る。

「その姿まるで獣のようではないか。そうか。お前も餌の資格を持っていたのだったな」

途端エイギュイユは食欲をそそられた顔つきで、全身の血を発光させたベルファを舐《な》め回すように見た。

が、それも一瞬。

すぐにも当てが外れた様子で不満そうに鼻を鳴らす。

「ベルファ、お前の体は品種改良を重ねた王家のそれとは違う。ギフトで血の魔力を引き継いだだけ。ゆえに血の負荷に耐えられず、そのような四足の姿勢を取らざるを得ない。肉の味も正規品には程遠かろう」

漆黒の花嫁衣装めいた影を纏《まと》ったまま、エイギュイユは言った。

正規品というのは、つまるところエイギュイユの舌に適《かな》うという意味での、王家の人間を指す言葉だろう。

「お前は見逃してやる。もう一度つがいを探し、子を産み、繁殖に励め。世代を重ね、肉と血の純度を高め、子々孫々の味を引き上げろ。今の世にて王家の者どもは全《すべ》て妾の餌となるゆえ、お前の子孫を来世での食糧としよう」

「ふざけるな！　私は亡き夫に操《みさお》を立てている！　他の男に傅《かしず》くつもりもなければ、お前の食糧調達に協力してやるつもりもない！」

「勿体ないことを言うな。なに、妾《わらわ》が新たな夫を見繕ってやろう。愛も操も関係なく、お前の腹に赤子を何人でも何十人でも孕ませられる、精の強い優秀な雄をな」

激昂するベルファの感情を逆撫でするようにエイギュイユは言った。

「シルファ、お前も手を貸せ！　あの口を黙らせねば、私の気が収まらない！」

「それに関してはお姉ちゃんも同感」

シルファは艶然《えんぜん》とした笑みとともに言った。

形振《なりふ》り構わず地を這うように身構える妹とは違い、シルファはあくまで上品かつ淑《しと》やかに、弟の代わりにエイギュイユに立ちはだかる。

そうしてスカートの裾を優雅にたくし上げ、太もものガーターベルトに挟んでいた護身用の短杖《たんじょう》を手に取った。

「雷よ、我が意に沿いて刃となれ！」

次いで呪文詠唱。同時に、杖の先端に取り付けられた真紅の宝玉から、恐るべき稲妻の輝きが迸《ほとばし》る。

「魔法剣ラグナシュガル！」

魔力で生み出された雷光はバチバチと音を鳴らしながら杖の先端に留まり、長剣を思わせる光の刃を形づくる。

「シルファ！　フレーチカの体に致命傷を与えるような真似は避けろよ！」

「そこは手加減するからだいじょうぶ、お姉ちゃんに任せておいて！」

ベルファの言葉に頷《うなず》いたシルファは、短杖を剣の柄《つか》に見立てて両手で握り、魔法剣を構えた。荒れ狂う雷光の刀身を軽く素振りするだけで、容赦ない落雷音が周囲に轟《とどろ》く。

これこそが、結婚と離婚を繰り返して名門貴族たちから奪ったギフトを我流で組み合わせた魔法剣術だ。素手でも怪力無双のシルファだが、体術に加えて剣術と魔術をも駆使する戦い方が、彼女の真骨頂であった。

「ふむ――」

これにはエイギュイユも警戒するように目を細めた。

いかに竜の生まれ変わりとはいえ、肉体はフレーチカと同じただの人間だ。

さらに、自然界の中でも極めて強い輝きを放つ雷の刃は、エイギュイユが自在に操《あやつ》る影でも束縛することは出来ない。

エイギュイユは自らの影の先端を立体化させ、針のようにシルファへと伸ばしたが、魔法剣が放つ強烈な光に照らされ、掻《か》き消えてしまったのだ。

「そのような芸当が出来る者は、かつての人類はおろか、同胞たる竜たちの中にもいなかった。なるほど、この場に集まった者で妾が最も用心すべきはお前のようだな、シルファ」

小手調べとばかりにエイギュイユは自らの足元だけではなく周囲の影全てを操ってシルファを襲わせる。

「お姉ちゃん流魔法剣術、味わってみる？」

が、それら全てが雷光一閃、切り払われた。圧倒的に卓越した剣技によって、四方八方から襲い掛かる影の針を残らず切り伏せたのだ。

「姉さん！」

「今のお前に戦う力はない、そこで大人しくしていてくれ、アルフォンス！」

加勢したくても出来ないアルフォンスへと、四つん這いのまま背後を振り返ることなくベルファが言った。

こと戦闘において近接遠隔を問わない万能のシルファが前衛に立ち、ベルファはドラゴンブラッドで身体能力を強化した状態で、その援護に徹する算段なのだろう。

二人の布陣に、当然だがギフトの恩恵を失ったアルフォンスの入る余地はない。

「でも……」

フレーチカを守ると、幸せにすると、そう彼女の前で誓ったばかりなのに。

こんなときまで姉任せでは不甲斐《ふがい》ない。そして何よりフレーチカに申し訳ない。

だが、すでに事態はそんな口を挟む猶予すら許さなかった。

「アルくんは心配しなくていいよ、お姉ちゃんが速攻で決めてあげる！」

シルファは魔法剣を大きく振りかぶると、エイギュイユ目掛け斬撃を放った。

繰り出された雷速の刃は落雷音すら置き去りにして振り下ろされる。

回避が間に合う速度ではない。

「そちらが剣なら、こちらは盾だ」

瞬間、大きな影の塊が、エイギュイユと雷の刃の間に、壁が割って入るように現れた。

まさしく盾のつもりなのだろう。

しかし、影による攻撃が魔法剣で容易《たやす》く消滅した以上、影による防御ではシルファの斬撃を止められるはずもない。

そう誰《だれ》もが思った。

盾として影ごと使われた、フレデリック以外は。

「ぬううううう！」

シルファが振り下ろした雷の刃は、標的であるエイギュイユではなく、その前方に肉の盾として突き出されたフレデリックの体へと突き刺さった。

「なっ……！」

「無敵の盾だ。突破する方法はあるまい？」

さしものシルファも息を呑《の》む。

まさか両手両足を影で束縛した状態で、フレデリックの無敵の肉体をそのまま肉の盾として使うなど、予想外だ。

魔法剣の刃も相当な電圧だったのだろうが、フレデリックのギフトを貫通してその体にダメージを与えることは不可能。斬撃を受けても肉の焦《こ》げる臭い一つしなかった。

すぐにシルファはフレデリックの体を縛る影へと狙《ねら》いを移したが、エイギュイユはシルファの攻撃力を織り込み済みで、束縛のための影を増産し続けている。

これではいくら斬っても一向にキリはない。

「おやおや、先ほどの威勢はどうした、シルファお姉ちゃん？」

「むーっ！　今そう呼ばれるとむかつくー！」

シルファはフレデリックのことなどお構いなしに攻撃を続けたが、その全てが無敵の盾で防がれ、無意味に終わっていく。変化と言えば、フレデリックの着衣が電熱で焼け焦げていく程度だ。

攻防は明らかにエイギュイユが有利。

いかにシルファが莫大な魔力を有しているとはいえ、魔法剣は維持するだけでも多大な魔力を消費している。一方エイギュイユは人間よりも遥かに魔力の量と扱いに長《た》けた竜。無敵の盾を攻略できなければ、先に魔力が底を尽くのはシルファだ。

「シルファ、盾は私がどかす！　お前は本体に攻撃を届かせろ！」

まさに獲物に襲い掛かる獣のように、ベルファが四足で地を蹴《け》った。

ドラゴンブラッドを全開にした力任せの渾身の一撃は、ダメージの有無などお構いなしに、フレデリックという無敵の盾を影ごと殴り飛ばした。

「今だ、やれ！」

あまりと言えばあまりの扱いだったが、盾として扱われていた自分が殴り飛ばされたことで生まれた隙を逃さず、フレデリックがシルファを急《せ》かす。

当然シルファは言われるまでもなく動いていた。

雷の剣を手に、駿足の足さばきでエイギュイユへとすでに肉薄している。

「無駄だな」

が、エイギュイユは余裕の笑みを崩さなかった。

次の瞬間、殴り飛ばされていたはずのフレデリックの体と、エイギュイユの体が、同時に影の中へと一瞬で掻き消え、互いの場所を入れ替える。

「うぬうううううううう！」

雷の斬撃を喰《く》らったのは、またしてもフレデリック。本人はノーダメージでも、すでに衣服のほとんどが焼《や》け焦げ、半裸に近い。

そして肝心のエイギュイユは、フレデリックを殴り飛ばしたベルファの至近距離に出現していた。

「見逃してやると言ったが、味見くらいはしておくか」

まったくの無防備だったベルファ目掛け、エイギュイユが襲い掛かる。

「おっとお姉ちゃん美味《おい》しくないよ？」

だがその瞬間、今度はベルファの位置がシルファと入れ替わった。

瞬間移動が使えるのはエイギュイユだけではない。シルファは意趣返しとばかりに転移魔法で同じことをやってみせたのだ。

シルファの口元に会心の笑みが浮かぶ。

間合いは必殺。

稲妻の速度で放たれるシルファの魔法剣。

これにはエイギュイユも咄嗟《とっさ》には避けきれない。

――が。

その顔に焦りは微塵もない。

「ドラゴンスケイル」

エイギュイユは吐息とともにそう言った。

シルファの刃が貫かんとした白い肌が、突如として黒い鱗《うろこ》で覆《おお》われた。エイギュイユとフレーチカが共有する肉体の一部に、鋼の如《ごと》き竜の鱗がびっしりと生え揃《そろ》ったのだ。

そして鱗は、雷で生成されたシルファの魔法剣をも、容易くあっさりと弾《はじ》き返《かえ》した。

古代の竜たちを最強の生物たらしめていた絶対の物理強度と魔法強度。その強靭さに、必殺の間合いで一撃を放ったシルファも絶句する。

「人の身に与えることの出来る竜の加護がドラゴンブラッドだけと思ったか？」

つまらなさそうにエイギュイユは言う。

姿形はフレーチカでも、最早それは人の姿をした邪竜《じゃりゅう》だ。

「強すぎる……」

その光景に、アルフォンスは唇を噛《か》んだ。

フレデリックとの殴り合いを制したアルフォンスにも、目の前の邪竜は、たとえ『愛の力』による超人化が解けていなかったとしても到底敵《かな》う相手とは思えなかった。

「これじゃあどうすることも……」

「何をボサっとしている、アルフォンス！」

そんな中、諦観に沈もうとしていたアルフォンスへと、ベルファが発破をかけた。

「でも、さっきは加勢するなって」

「馬鹿《ばか》者！　何もするなとは言っていない！」

自分の無力さを嘆くアルフォンスへ、ベルファは言う。

「私たち二人では、今のエイギュイユからフレーチカを救い出す術はない！　だからこそお前が考えろ。最善の選択を思いつけ。でなければフレーチカは助け出せない！」

「姉さん……」

「そのための時間を稼いでやる！　名案が思い付くまで戦い続けてやる！　あの子を守り抜くと言ったからには信頼に応《こた》えてみせろ！　お前は私たちの自慢の弟だろう！」

叫び、ベルファは再び四つん這いになってエイギュイユへと向き直る。

その隣に舞い戻り、シルファも再び魔法剣を構え直す。

アルフォンスにとって、二人の背中はあまりに大きく、あまりに頼もしかった。どんな苦難でも寄り添い先導してくれる最愛の二人の姉だ。

しかし、ベルファは慣れないドラゴンブラッドの発現を続けているため消耗が激しい。そしてシルファも魔力が刻一刻と失われているのだろう、余裕の表情は消え、疲労が見える。

いずれ姉たちにも限界は来る。

どれだけ威勢の良いことを言っても無限に戦い続けることは不可能だ。

「――シルファ姉さん。ベルファ姉さん」

二人に対して、アルフォンスは言う。

口にすべきことはもう決めていた。

後はもう覚悟を決めて伝えるだけだ。

「エイギュイユの手の内を、全て暴《あば》いてくれ」

それは、聞く者が聞けば、あまりに他力本願で、そして死刑宣告に等しい注文に聞こえたことだろう。

「まっかせなさい！」

「おうともだ！」

だがシルファとベルファは、溺愛する弟のお願いを断ったことなど人生で一度もない。

そして弟の信頼が、彼女たちにとっての最大の原動力となる。

「――妾は何度も見てきた。人の力だけで竜に立ち向かおうとする勇気ある人間たちを。だがその全てが、妾が手を貸さねば、誰一人として竜一匹すら討ち取ることは出来なかった」

エイギュイユは遥か過去の記憶を呼び起こしながら、ため息をつく。

体に生じさせたドラゴンスケイルを剝《は》がし、周囲の影の鎌首をもたげさせる。

その矛先はシルファとベルファの二人へと向けられた。

フレデリックの無敵の盾は今なお健在。これ以上唸《うな》り声を上げられないよう口の中に影を詰められて無理矢理黙らされていたが、この盾を突破し、さらにドラゴンスケイルすら攻略しなければ、姉たちに反撃の手段はない。

——ないはずだ。

「何を企《たくら》んでいる？」

エイギュイユは怪訝そうに眉《まゆ》をひそめた。

反撃の手段などまったくありはしない。そのはずなのに、シルファとベルファの目はまったく死んでいない。むしろこれ以上ないくらい生き生きとしている。

それはなぜか。

彼女ら二人の背後で立ち上がったアルフォンスの瞳《ひとみ》に、強い決意が漲《みなぎ》っていたからだ。

「まあいい。何を企んでいようと全て無駄なことだ」

アルフォンスを頭数に入れる必要などない。戦う力はもう無いのだ。エイギュイユはそう断じ、視線をシルファとベルファに戻す。

二人はすでに駆け出していた。

先陣を切ったのは四肢で駆けるベルファ。

シルファは両手で構えていた短杖を右手で持ち、これまでと違い魔法剣を片手剣のように軽《かろ》やかに扱ってこれに続く。

まずエイギュイユは、疾駆するベルファを止めるべく、影で絡《から》みとった盾をかざした。フレデリックは今なお抵抗を続けているが、彼の手足を縛る影は剝がれる気配もない。

が、しかし。

次の瞬間、鮮血が舞った。

フレデリックを盾にしてその背に隠れていたエイギュイユからは、ベルファの攻撃を受けてフレデリックが流血したようにしか見えない。

「バカな、なぜ――」

無敵のギフトは未《いま》だ健在。

ベルファの攻撃でフレデリックが正面から傷を負うことなど、絶対にあり得ない。

仮に、もしもエイギュイユがフレデリックの背に隠れていなければ、何が起きたか瞬時に把握できただろう。

しかし、エイギュイユはフレデリックのギフトの防御力を過信するあまり、咄嗟の状況把握が間に合わない位置に陣取ってしまっていた。

「これでどうだ！」

振り上げられたベルファの右腕は鮮血で赤く染まっている。

彼女はその腕をフレデリックへと叩《たた》きつけた。

そこでエイギュイユもようやく気づく。

自傷だ。

フレデリックが傷ついたのではなく、ベルファが自分で自分の腕に傷を負わせ、自身の出血を促したのだ。

「しまった！」

その光景にエイギュイユが歯噛《はが》みする。

フレデリックを引っ込めようとしたが、もう遅い。

ただでさえフレデリックのドラゴンブラッドは、エイギュイユの影響で暴走を続けている。

そこへさらに、ベルファは亡き夫から引き継いだ己《おのれ》のドラゴンブラッドを浴びせかけた。

多大な魔力を帯びた血が共鳴し合い、力の暴走はさらに激しさを増す。

そう。

フレデリックが自力でエイギュイユの影を引き千切るほどに。

「ぐぬうううううううう！」

口の中に押し込まれた影の塊すら噛み砕《くだ》き、フレデリックが吠えた。全身の血管を激しく輝かせながら、四肢を封じていた影の束縛を力ずくで剝ぎ取る。

「シルファ！　これで位置を入れ替えられる心配はない！」

解放されたフレデリックの首を摑《つか》み、その体を引き摺《ず》りこもうとする影から高速で離脱しながらベルファが叫んだ。

「やるぅ！」

ベルファを飛び越えて斬り込んだシルファは、鮮やかな剣捌きで右手の魔法剣を操り、雷刃の切っ先をエイギュイユの体へと迫らせる。

無敵の盾は再度攻略された。

が、エイギュイユにはまだ鎧《よろい》がある。

「無駄なことを！」

エイギュイユは再びドラゴンスケイルを発現させ、シルファの剣が届く寸前で、頑強無比な黒い鱗で自身の肉体を守ったのだ。

ドラゴンスケイルは不気味な光沢を放ちながら、まるで金属装甲のように、シルファの魔法剣が突き刺さらんとする箇所を覆い尽くす。

――無論、全てシルファの読み通り。

「双剣抜刀！」

右手の剣がドラゴンスケイルに弾かれると同時に、シルファの左手に剝き出しの状態で二本目の雷の魔法剣が現れた。

短杖を剣の柄として用いていたのは、最初からブラフ。

シルファの魔法剣は、柄などなくても自在に操ることが可能なのだ。

「お姉ちゃんは両利《き》きィ！」

竜の鱗に覆われた箇所の逆側、未だ剝《む》き出しの無防備な肌へと、二刀流となったシルファの追撃が突き刺さる。

稲妻が落ちる速度の斬撃だ。すでに瞬間移動を封じられている今のエイギュイユには避けようもない。

「ガアアアァァァァァッ！」

無防備な箇所に雷の刃を突き立てられ、たまらず苦悶の悲鳴を上げるエイギュイユ。

斬撃の激痛と同時に強烈な電撃が脳天に届く。

フレーチカの体をエイギュイユの防御魔法であらかじめ防護していなければ、一撃で感電死もあり得る威力だった。

「貴様ァ！　何が手加減だ、義妹を相手に容赦を知らんのか！」

「今はあんたの体なんだから、どうせ死ぬ気で守るでしょ！　フレーチカちゃんごと死んだら、せっかくのご馳走もお預けだもんね！」

手加減するから大丈夫と言っていたくせに、シルファは最初から感電程度では済まないよう、一切の加減などしていなかったのだ。

無敵の盾と竜の鱗を突破して一撃を喰らわせたとしたら、エイギュイユは自分の体であるフレーチカの肉体を最優先で守るはず。

ならば、咄嗟に何らかの魔法で必ず防御せざるを得ないに違いない。

そこまで読んでの、手加減無しの全力の一撃だった。

エイギュイユもまさか、フレーチカにとって致死となり得る威力で攻撃してくるとは思っていなかったのだろう。左手の雷刃で斬られた脇腹《わきばら》を押さえながら、無数の影の針を生み出し、憤怒の面持ちで眼前のシルファを睨《にら》みつける。

そう。今のエイギュイユには、シルファしか見えていない。

——それが、最大の隙となった。

エイギュイユの怒りと攻撃の矛先が全てシルファに注《そそ》がれ、周囲へ向けられていた警戒が散漫になった瞬間、間髪入れずに駆け出した者がいた。

アルフォンスだ。

「うおおおおおおおおおッ！」

破れかぶれの叫び声を上げながら、彼は二人の姉たちが切り開いてくれたエイギュイユへの道を駆け抜け、妻の体を奪った邪竜へと迫る。

奇襲は完全に成功し、ベルファは自分の傍《かたわ》らを走り抜けていく弟を頼もしげに見送った。

エイギュイユの影の反撃を喰らって弾き飛ばされたシルファも同様だ。

だが、奪われたフレーチカをどうやって取り戻すつもりなのか。

そこまでは姉妹も分からない。

手段など思いつくはずもない。

しかし弟たる者、姉の期待は裏切らないものだと言わんばかりの絶対の自信と信頼に満ちた眼差《まなざ》しで、シルファとベルファはアルフォンスの背を見届ける。

そして。


「なっ――――」

エイギュイユの肩を抱き寄せ、彼女の、つまりはフレーチカの唇に、アルフォンスは盛大なキスを敢行した。


「……は？」

「……お？」

その光景を見、シルファとベルファは完全に硬直した。

「――――？」

エイギュイユも状況が理解できていない様子で、キスされたまま、ぽかーんとした顔で固まっている。

「む、娘の唇が……」

フレデリックだけは顔を青ざめさせていた。

アルフォンスが何をしているのかはこの場でアルフォンスしか分からないだろう。敵も味方も全員が頭の上に盛大な疑問符を浮かべていた。

顔を真《ま》っ赤《か》にしたアルフォンスがキスを終えて唇を放すと、当然ながら、エイギュイユは一切の遠慮なくその体を全力で蹴り飛ばした。

「確かに、こんな妾を愛してみるかとは言ったが……馬鹿か貴様は？　真性の馬鹿なのか？　死にたいのか？　死んで治るか貴様の馬鹿は？」

完全に苛立った様子でアルフォンスを冷然と見下ろすエイギュイユ。

至近距離で邪竜の全力の蹴りを喰らったのだ。

『愛の力』による超人化の恩恵を失ったアルフォンスでは、たったその程度の攻撃でも致命傷を負っていてもおかしくはない。

最悪、即死もあり得る。

「何……？」

にもかかわらず、アルフォンスはまったくの無傷。

蹴り飛ばされても軽く尻《しり》もちをついただけですぐに立ち上がり、眉をひそめるエイギュイユの前に再び立《た》ち塞《ふさ》がった。

「ヒントをくれたのはお前だ、エイギュイユ」

アルフォンスは言う。

不敵な笑みを浮かべ、賭《か》けに勝ったと言わんばかりの面持ちで。

「おれのギフトが力を失ったのは、フレーチカの意識をお前の自我が乗っ取って成り変わり、おれにとっての伴侶がお前になったからなんだろう？」

「そうだ！ フレーチカへと向けていた愛情を同じだけ妾に与えねば、お前のギフトが力を取り戻すはずがない！」

怒りとともにエイギュイユは牙《きば》を剝き、周囲全ての影を操ってアルフォンスを襲わせる。

だが、アルフォンスはその攻撃を避けようともしない。

否。避ける必要などなかった。

影はすぐにも立体化を維持する力を失い、地に墜ちて、ただの平面に戻る。

「なのにこれはどういうことなのだ！」

状況がまったく理解できず狼狽《ろうばい》するエイギュイユ。

もっとも、混乱ぶりはシルファやベルファ、フレデリックも同様だった。

アルフォンスだけが自信満々に、エイギュイユの前にその身を晒《さら》している。

「分からないのか？ おれとお前は夫婦ってことだ」

「だから『愛の力』は効果を失ったはず――」

「それ以上にお前の『秘密の花園』が弱体化しているんだよ」

そのアルフォンスの言葉に。

ようやくエイギュイユは合点がいった面持ちで、自らの――フレーチカの体を見下ろした。

アルフォンスとフレーチカ。

二人が結ばれ発現したギフトはそれぞれ『愛の力』と『秘密の花園』。

伴侶を愛した分だけ強くなるのが『愛の力』ならば。

伴侶に隠し事を作れば作っただけ強くなるのが『秘密の花園』だ。

フレーチカはギフトの恩恵で強くなることよりも、アルフォンスとの真実の愛を優先し、己の能力や秘密を全て明かした。

その結果アルフォンスからの愛情を勝ち取ったフレーチカだが、それでも彼女が完全に弱体化しなかったのは、本人さえ知らないエイギュイユとしての正体という秘密を抱えて生まれてきたからだろう。

だが、アルフォンスはその秘密を知った。

さらに、労せずしてエイギュイユ本人が自ら語った彼女の真意や、姉たちが命懸けで暴いてくれたエイギュイユが持つ竜としての特異な能力。

そうした隠し事が明るみになるに連れ、エイギュイユは自分でも知らず知らずのうちに徐々に力を失っていった。

秘密を失った『秘密の花園』の効果が、逆にエイギュイユ自身の力を奪っていたのだ。

「否、断じて否！　たったそれだけのことで、妾の力がお前のようなザコ一人倒せぬほどに弱まるはずがない！」

「いや。一番の秘密をもう暴いている」

半狂乱になるエイギュイユを見据え、アルフォンスは言う。

「妾の一番の秘密だと？　ハッ、それは何だ！」

「どうしてお前が、竜を裏切って人間の味方になったか、だよ」

「そんなものは言わずとも知れている！　伝承にさえ悪食《あくじき》の逸話は残っていよう！　わざわざ暴く価値もなければ、暴かれたところで弱体化するような秘密ですらない！　全ては妾の浅ましい食欲ゆえだ！　でなければ親兄弟さえ手にかけるか！　妾はただ、己の欲するままに生きたのみ！」

アルフォンスの言葉にエイギュイユは憤った。

相手の言葉を全否定するかの如き、荒々しい叫びとともに。

しかし、アルフォンスは静かに反論する。

「それだけじゃない。お前は、人間を羨《うらや》ましいと思っていたんだ」

そして、断言した。

なんの理屈もない。が、確信があった。

「でなきゃ、人間に転生しようなんて思わない。竜だった頃の自分の心臓を喰いたいだけなら、ただの獣でもいい。別に人間じゃなくたって良かったんだから。お前は欲したんだよ、人間のような生き方を。だから同族にも、自分の羨望を、憧《あこが》れの存在を、奪わせはしなかった」

アルフォンスの言葉に、誰もが息を吞む。

「妾が人間を羨むなど……そんなバカげた笑い話があるものか！」

「フレーチカのことだってそうだ。どうして、今までずっと彼女に語りかけていた？ お前が本当に人間のことをどうとも思っていなかったのなら、体の支配権を乗っ取るその日まで、ずっと黙って潜んでいれば良かったじゃないか」

「フレーチカはただの転生体、それ以上でもそれ以下でもない！」

「違う。辛《つら》い人生を過ごしてきたフレーチカのために、話し相手になっていたんだろ？ だからあの子の夢に現れていたんだろ？」

アルフォンスは言う。

いくらキスすらまだとはいえ、伊達《だて》に毎晩フレーチカの抱き枕《まくら》を務めていたわけではない。妻の寝顔を見ていた間も、ずっと彼女のことを気にかけてきた。悪夢にうなされた夜も、ずっと彼女を見守っていた。

そんなアルフォンスだからこそ、気づけることがあった。

「そうしていたのは、お前もフレーチカと同じ気持ちだったから。本当なら家族だった王族に虐げられた彼女が孤独だったように、同族に忌《い》み嫌われていたお前も孤独だったからだ」

「黙れ！」

「お前にとって人間は――オレンジの片割れだったんだ」

「黙れ、黙れ！」

一方、エイギュイユは激昂する。

「お前の取るに足らぬ浅知恵もここまでだ！」

エイギュイユは叫びながら、自らの左手へと目を向ける。

その薬指に今も輝いているのは、アルフォンスとフレーチカの結婚指輪だ。

二人の婚姻の証にして、ホーリーギフトの力の源。

「この指輪さえ砕いてしまえば、その瞬間にお前とフレーチカの婚姻関係は消滅する！　そうなればホーリーギフトは消え、妾がフレーチカのギフトに力を奪われることもない！」

エイギュイユは結婚指輪を粉々に壊すべく左の薬指から外そうとして――

しかし指輪はそこから先、ピクリとも動かなかった。

「これだけは……絶対に奪わせはしない……！」

腕を止めたのはエイギュイユの意思ではない。無論、その言葉も。

「フレーチカ！」

アルフォンスは喜びとともに最愛の人の名を呼んだ。

今まさにフレーチカの自我がエイギュイユの支配に打ち勝とうとしているのだ。

「馬鹿な！　たかが人間の脆弱《ぜいじゃく》な精神が、竜たる妾の支配に抗えるわけ「それでも、これだけは奪わせないッ」――抗えるわけがない！　ええい！」

エイギュイユは叫ぶが、次第にフレーチカの抵抗は強まり、邪竜は手足だけでなく言葉の制御すら奪われ始めていた。

先ほどのアルフォンスの言葉が、図星を突いたとでも言うのだろうか。

だが現に、エイギュイユの弱体化が加速度的に進んだことで、深層心理の奥底に追いやられていたフレーチカとしての自我が覚醒《かくせい》するに至ったのだ。

「妾の邪魔をするなフレーチカ！　そんなにこの男が好きになったのなら、その命が、お前の希望が、無残に摘み取られる光景を見せてやろう！」

怒声とともにエイギュイユがアルフォンスを睨みつける。

彼女の影が膨張し、邪竜の姿を形作って部屋全体に広がっていく。

「砕け散れ、アルフォンス・ファゴット！」

エイギュイユの足元に広がる巨大な影の竜が咆哮《ほうこう》を上げた。

瞬間、大きく広げられた影の翼が周囲の床だけでなく壁や天井《てんじょう》すらも覆い尽くし、その全てを破壊しながら無数の針を立体化させてアルフォンスへと襲い掛かる。

逃げ場はない。足元の床、側面の壁、頭上の天井、その全てを倒壊させながら黒い影が怒濤の奔流となって迫る。

今までシルファとベルファを相手取っていた攻防が児戯《じぎ》に思えるほどの圧倒的で壊滅的な渾身の全方位攻撃だ。

弱体化したとはいえ、未だこれほどの力を発揮できるとは。

――が、しかし。

「愛ッ!!」

アルフォンスが叫ぶ。

三六〇度全てから襲い来る影の針を前に、身構えることすらしない。眼前に立つ最愛の妻の姿を見つめ、渾身のときめきに胸を高鳴らせただけ。

たったそれだけのことで、アルフォンスに突き刺さるはずの洪水の如き影の群れは、一瞬で掻き消えた。

「愛ッ!?」

たまらずエイギュイユも叫ぶ。

人類を遥かに凌駕した叡智の持ち主である彼女をして、理解が及ばなかった。

まさか、アルフォンスの胸のときめきが――単なる心臓の鼓動が、アルフォンスを中心に周囲の空気を震撼させ、ドラゴンであるエイギュイユの渾身の攻撃を消し飛ばすほどの、巨大な衝撃波を放つなど。

しかも、アルフォンスの鼓動の余波はより勢いを増し、エイギュイユが全壊させた大浴場の瓦礫すら、衝撃だけで全て弾き返してしまうほどに拡がっていた。

瓦礫はアルフォンスだけではなく戦いに傷ついたシルファやベルファにも襲い掛かったが、頭上から降りかかる瓦礫の全ては彼方へ吹き飛ばされ、姉妹は見事に無事だった。

「「嘘《うそ》ぉー⁉」」

とはいえ、あまりと言えばあまりの光景に、さすがに姉たちも開いた口が塞がらない様子だ。シルファもベルファも声を揃えて驚愕《きょうがく》していた。

そんな中、完全に倒壊した天井に差し込む月光が、悠然と立つアルフォンスへと降《ふ》り注ぎ、その姿を照らす。

ホーリーギフト『愛の力』、完全復活。

フレーチカの覚醒が、同時にアルフォンスのギフトの復活にも繋《つな》がったのだ。

アルフォンスは自分の体の奥底から無限のパワーが湧《わ》いてくるのを感じた。その力はすでにフレデリックと戦ったときの比ではない。

結婚の証である指輪を守るため、己の魂の内に潜むエイギュイユと懸命に戦うフレーチカの姿に、より一層、深く惚《ほ》れ直したのだから。

「おれはフレーチカを信じる。フレーチカなら、絶対エイギュイユなんかに負けはしないって。悪意に打ち勝って、おれのところに戻って来てくれるって」

ときめきの高鳴りを胸に抱き続けたまま、アルフォンスは歩み寄る。

なおも行く手を阻もうとする影の群れを容易く打ち破り、エイギュイユの――否、妻である
るフレーチカの体を優しく抱き締める。

「フレーチカ！　こんな男に何をほだされている！　今までお前が心の奥底で抱いてきた憤りを思い出せ！　他の王族たちに向けていた恨みと妬《ねた》みを思い出せ！　お前の優しさなど嘘偽りであろう！　孤独こそがお前の本質だったはずだろう！」

フレーチカの体ごとアルフォンスに抱かれながらも、エイギュイユは己の内に向かって叫び始めた。

だがそれはフレーチカに対する命令ではない。最早ただの懇願だ。

「お前とお前の母の人生を踏《ふ》み躙《にじ》った者どもに復讐できるのだぞ！　奴《やつ》らが生き延びていい理由などないだろう！　妾の力さえあればお前のこのか細い腕で王族どもを皆殺しに出来るのだ、あの辛い日々を忘れたとでも言うのか！」

エイギュイユは必死にアルフォンスの腕の中から逃れようとするが、刻一刻と力を失っている今となっては抵抗らしい抵抗にすらなっていない。

いや。もう抵抗する気すらないのだ。

なぜなら、すでにフレーチカは主導権を取り戻しつつあるのだから。

「あの辛い日々を忘れたとは言いません」

エイギュイユの言葉を継ぎ、フレーチカは告げる。

「ですが、あの辛い日々は、もう過去のことにしたいと思います」

自分の負の感情を食い物にして育ったかのような魂の半身に、決別の言葉を。

「辛い記憶なんて、幸せにあっさり負けました。人の生き方なんてそのくらい単純でも良いんだと気づいたんです。――この人が、気づかせてくれたんです」

そう言って、指輪を守り抜いたフレーチカはアルフォンスの腕に身を委《ゆだ》ねる。

同時に、フレーチカの体に纏わりついていた染みのような黒い竜の如き紋様が、浄化されるようにゆっくりと掻き消えていく。

悪食の邪竜の強欲が、フレーチカの想《おも》いに敗れたのだ。

『このままでは終わらぬ、きっと終わらぬぞ』

フレーチカの肌の上を這う竜の紋様が、その禍々《まがまが》しい口を開きアルフォンスとフレーチカに語りかける。

『フレーチカ、所詮お前の魂は妾と同じなのだ、どれだけ取り繕ったところで、同族すら食い荒らしたその欲望は消えぬ。お前はきっと、夫との間にこれから多くの秘密を作る。そのときお前は再び孤独になる。そして妾は力を取り戻し、また甦るぞ――』

「そうならないよう、ちゃんとこの人に愛してもらいます。そしてそれ以上に、わたしもこの人を愛し抜いてみせます。わたしのアルフォンスを」

決意とともにフレーチカは言った。

その目はもう消え行く竜になど向けられていない。

ただただ、目の前のアルフォンスにのみ向けられていた。

『アルフォンス、ゆめゆめ忘れるな。どれだけ貞淑《ていしゅく》に振る舞っていようと、お前の妻の心の内には妾が巣食っているということを――』

「おれはもっと強くなるよ。たとえもしもの時が来ても、エイギュイユの存在をひっくるめてフレーチカを愛し続けられる、度量の広い男になってやる」

アルフォンスもまた、フレーチカの目を真正面に見据える。

「もう一度言うよ。おれの一生をかけて、君を一生、幸せにしてみせる」

そう言って、アルフォンスは腕の中のフレーチカを抱き締めた。

『喰えぬ夫婦め――腹の具合が悪くなるわ――』

エイギュイユは忌々しげに言い残し、姿を消した。

もう、フレーチカの肌に、竜の紋様は残っていない。

同時に、大きく広がっていたフレーチカの影も本来の姿を取り戻す。

邪竜は再び彼女の中に封じられたのだろう。

無論、最後の警告通り『秘密の花園』の弱体化が解かれるようなことがあれば、またすぐにでもエイギュイユはフレーチカの体の主導権を奪いに現れるに違いない。

が、今この瞬間は、紛れもなくアルフォンスとフレーチカの勝利だった。

降り注ぐ月の光が、愛しげに抱き合う二人を優しく照らす。

「……まじ？」

「……マジなのだろうな」

成り行きを絶句して見届けるしかなかったシルファとベルファが、ようやく、なんとか言葉を絞り出した。

確かに弟に全てを任せた二人だったが、弟はさらにそれを妻へと丸投げし、エイギュイユはまるで食あたりでも起こしたかのように退散してしまったのだから。

同じくその全てを見届けたフレデリックは、他の男の腕の中で幸せそうに抱かれた娘の姿に、何も言えず涙を流しながらぐったりと横になっている。

一気に緊張感の消えた、全壊した大浴場のど真ん中で、シルファとベルファは顔を見合わせ、ため息をこぼす。

「夫婦喧嘩は犬も喰わないと言うが……」

そして最後に、ベルファは呆《あき》れ顔で呟《つぶや》いた。

「度の過ぎた夫婦のイチャつきは、竜すら喰えぬと逃げ出すらしい」

終章　オレンジの花言葉

もともと、フレーチカ・エイギュイユは根暗な少女だった。

そも自分の影に語りかける少女が、根暗でなくてなんなのか。

不義の子と疑われ続けた境遇がそうさせたのだろう。母が病死し父と引き離されてからは、叔父である第六王子に引き取られたものの、ネガティブさに拍車をかけた。

自分のことを冷遇する王族たちが崇めている守護竜エイギュイユのことも嫌っていた。自分をいじめる者たちが信仰している存在など、どうせろくでもない。

嫌なことがあった日に限って、慰めているのか焚きつけているのか分からない不穏な竜の影が現れる悪夢を見るようになって、嫌悪感はさらに増した。

それでも、エイギュイユにまつわる伝承で一つだけ、フレーチカの好きな話があった。

竜と旅人にまつわる逸話だ。

禍々《まがまが》しい黒い鱗《うろこ》のその竜は、竜たちの中でも醜いと邪険に扱われていた。

他の竜たちの嫌悪の目から逃れるため、黒竜は暗い影の中に身を隠すようになった。

竜は本来、人や野の獣を狩り、その肉を喰《く》う。

Shinkon kizoku
junai de
saikyou desu

異端の黒竜はそれが苦手で、樹海で果実を食して生きていた。

エイギュイユという名の雌竜は元来、血の滴る生肉を喰らうくらいなら、甘い果物を頬張《ほおば》るほうが好きだった。

ある日、彼女の住む森に一人の旅人が現れた。

エイギュイユは陰湿に言う。

『この森にある果実は全《すべ》て妾のもの。それを奪わぬならば、森に入ることを許そう』

人間を襲わない竜の存在に旅人の青年は驚きながらも、その寛容さに感謝した。

旅人は言う。

『この森は広く、深い。夜になればあなたの鱗のような闇が訪れ、星明かりも届かない。獣を追い払い、暖を取るため、焚き木をすることは許されますか？』

『果実と、果実が実る樹を燃やさないのであれば、許そう』

『獣や川の魚を狩って食べることは許されますか？』

『それも許そう』

森の獣が果実を盗み食いすることをエイギュイユは嫌っていた。ゆえに旅人が獣を狩って喰らうことに反対する理由はない。

『他に何か、私が行っても許されることはありますか？』

『そうだな――』

周囲の木々へと視線を移し、エイギュイユは思案する。

そこには色とりどりの様々な果物の実が生っていた。

確かに、この森に存在する果物は、そのどれもが彼女の好物だ。

しかしひとつだけ例外が存在する。

『橙色をした柑橘の実だけはお前が喰らうことを許す。もっとも、酸味と苦味が強すぎてとても喰えたものではないがな』

大きく実ったオレンジの果実を忌々しそうに見ながら、エイギュイユはそう言った。

この頃の柑橘は欠片《かけら》も甘くなく、とても人間の口に合うものではなかった。鳥すら啄《ついば》もうとはせず、虫すら果実は無視して葉を餌としていたくらいだ。

『感謝します、竜よ』

『感謝されるいわれはない。それに、お前がルールを違えぬかどうか、妾《わらわ》がお前の最も近くで常に見張っていることを忘れるな』

エイギュイユは影を操《あやつ》る竜。

旅人が森を抜けるまで、彼女は旅人の影の中に潜み、監視することにしたのだ。

これには旅人も困り果てた。

『寛大な竜よ。あなたが私の影の中にいては、私の影が大きくなりすぎて、獣たちも魚たちも怖がって近寄って来てくれません。これでは食べる物にも困ります』

『ならぬ。妾の見ておらぬところでお前が何をするのか分かったものではないからな』

運良く獣や魚を捕まえられたとき、旅人は幸運を神に感謝し、その肉を調理した。この時代の人間たちはまだ神を信仰していたのだ。

『人の子よ。お前は肉を生で食べないのか？』

旅の道中、エイギュイユは人間が料理をしている姿を初めて見、素朴な疑問を口にした。

旅人は思わず笑いながら、人間の胃は生肉を受け付けないと答えた。

彼は狩った肉を焼く。

『人の子、人の子よ。焼いた肉は硬くて不味くはないのか？』

不思議そうに首を傾げる影の中の竜に対し、旅人は肉に香辛料を振り、柑橘の実を絞って味つけに用いた。

『こうして柑橘の絞り汁を用いると、肉が柔らかくなるのです。行きすぎた酸味や苦味も少量ならば風味となりますし、香りは肉や魚の臭いを打ち消します』

『なんと……！』

無用の長物と侮《あなど》っていた柑橘の実を有効に活用する旅人の姿に、エイギュイユは少なからず感銘を受けていた。

焼き上がった肉を美味そうに食べる旅人を見、エイギュイユは影の中から顔を出して、お気に入りの葡萄の実と引き換えに、一口所望した。

『お口に合いましたか？』

『ふむ――美味いとは言わぬが、しかし不味くはない。こうして人間は己《おのれ》の口に本来合わぬ物を喰えるように調理するのか。柑橘の汁を使えばこうも肉の味が変わるとは、妾も知らなんだ。万物の知恵者を気取る竜の身でありながら……まったく恥ずかしい』

旅人が森を抜けるまで十日もの時を要したが、その間、エイギュイユは旅人の料理の相伴《しょうばん》に預かり続ける。

森を抜けるだけなら三日で済むはずだったのに、エイギュイユが旅人の手料理を一日でも長く味わいたい一心で、影の中から道を間違わせ、森の中を迷わせたのだ。

それが、千年前から伝わる、迷子の旅人と影の竜の物語。

「――ふふ」

この話を叔父の書斎で読んで知ったとき、国中で崇められている竜の意外な一面に、小さなフレーチカはくすりと笑った。

旅人と別れた後もエイギュイユは、森を抜けようとする者が現れれば、必ず食事を作らせたという。そしてその代わりに、森を抜ける間は人間たちが獣に襲われないよう、影から彼らを守っていたとも。

悪食《あくじき》のエイギュイユはそうして、いつしか人間たちの間で美食竜と呼ばれ、樹海の旅人にとっての守り神となり、竜たちが人間を滅ぼそうとしたとき、守護竜となった。

エイギュイユが守った人間たちが王国を作り、早千年。

人々は彼女から様々な知恵を授けられ、人の口に合う食材もたくさん増えた。

フレーチカの後ろ盾になってくれた若き第六王子の結婚式が決まった日も、国中の産地から多くの果物が式のために用意されたほどだ。

第六王子の妻となる女性を見たとき、フレーチカはひと目で惹《ひ》かれた。

名はベルファ・ファゴット。

各地から集められたいかなる色とりどりの果実よりも一際《ひときわ》色鮮やかな真っ赤《まか》な長い髪と瞳《ひとみ》は、一度見たら忘れなかった。隣で微笑《ほほえ》む叔父の姿も、普段は病魔に苦しめられていて痛ましげに思っていたが、そのときはとても幸せそうだった。

不義の子として扱われている自分が花嫁に憧《あこが》れるなど分不相応だと分かっていたが、それでもフレーチカは、自分もいつか純白の花嫁衣装を着て、あんな風に幸せな結婚をしてみたいと、そう思った。

しかしそのとき。新郎新婦の姿に見惚《みほ》れるあまり、フレーチカは参列客の一人とぶつかり、相手の衣服に盛大にワインをこぼしてしまう。

上着に真っ赤な染みが広がり、参列客の護衛と思しき屈強な男たちがざわつく中、その参列客――フレーチカとさほど歳《とし》の変わらぬ少年は、上着を脱ぎ捨て、言う。

「汚れを舐《な》め取れ」

床に脱ぎ捨てた上着を指差し、少年は嗜虐的《しぎゃくてき》な笑みをフレーチカへと向けた。このとき彼女に突っかかった相手が、王国の第一王子である王太子ブリジェスの息子だった。

相手はフレーチカのことを知っていたのだろう。

彼女が激しい侮辱を受けた理由も一目瞭然だ。

第二王子の妻が夫に不貞を働いて産んだ不義の子だと——フレーチカは相手に自分がそう思われていることを理解した。

それは彼女にとって最大の屈辱だった。

「どうした、さっさと犬のように這いつくばって舌で掃除しないか。そうするのが下賤な生まれの女にはお似合いだ」

王太子の息子はフレーチカの頭を摑《つか》み、持って生まれたドラゴンブラッドの力を誇示し、彼女を床へと引きずり倒す。

父親が第一王子ということもあって、周囲の人間は止めようがなかった。主賓である第六王子やその妻が目にしていれば烈火の如《ごと》く怒ったであろうが、結婚式場は広く、彼らの目が届かない場所での出来事だった。


『——妾が力を貸してやろうぞ』

影の声が聞こえたのは、それが最初だ。

今にして思えば、相手のドラゴンブラッドに反応したのか、それともフレーチカ自身の心に芽生えた強烈な負の感情に呼応したのか、そのどちらかだろう。

このときはまだフレーチカも、それが己の魂に潜むエイギュイユの呼びかけであったなど知りもしなかった。

ただ、瞳を哀しみと怒りから来る憎悪に濁らせて、こみ上げてくる破壊衝動に身を委《ゆだ》ね、目に映る全てを滅茶苦茶に引き裂いてしまいたいと、そう思った。

もしもフレーチカがエイギュイユの囁《ささや》きに身を任せてしまっていたら、第六王子の結婚式は血塗れの惨劇へと塗り替えられていたに違いない。

そして、各地から取り寄せられた果物や豪勢な晩餐に代わり、ドラゴンブラッドを宿した王族たちの無残な屍がテーブルに並んだことだろう。

――だが、その寸前。

「姉さんの結婚式で何してんだこのクソボケがぁぁぁぁぁぁぁぁぁぁぁ！」

虚空に身を任せるように悪意の前に全てを投げ出してしまいそうになっていたフレーチカは、アルフォンス・ファゴットと出逢った。

突然放たれた小さな少年の全身全霊全力のパンチが、王太子の息子の顔面にクリティカルヒットし、その端正な顔をぐしゃぐしゃにひしゃげさせる。

少年はそれだけでは飽き足らず、王族相手だというのに、相手に馬乗りになってひたすらボコボコに殴り続けた。

当然、周囲の護衛たちがすぐに止めるものと思われたが。

「隊長！　止めなくていいのですか！」

「そうしたいところだが生憎とワインで両手が塞《ふさ》がっていてな……」

「ワインくらい私が持ちます！　ほら！」

「そうか。だが悪い。せっかくお前がワインを受け取ってくれたのに、うっかり空いた手を皿に伸ばしてしまった。また両手が塞がってしまったぞ？」

「シックス隊長！」

王太子の息子の護衛をしていた隊長は、どういうわけか、止めに入るのを限界まで引き延ばしているようにフレーチカに思えた。

「こっちへ！」

とりあえずひと通り王太子の息子を殴り倒した少年は、護衛兵たちが止めに入るより先に、フレーチカの手を引いてその場から連れ出した。

どこをどう逃げたかは、フレーチカも覚えていない。そもそも、外出すら自由にさせてもらえなかった身の上だ。

それにフレーチカの瞳は、先ほどまでの悲しみも怒りもどこかへ消え、少年に連れ回されながら見上げた夜空に釘づけになっていた。

「流れ星が――」

少年は空を見上げる余裕もない様子だったが、フレーチカはずっと、彼の背中越しに見つめていた。

満天の景色を突き抜けるように大きな尾を引いた一筋の流れ星が、恋に落ちるような速さで夜空を駆けていく様を。

遥か空を流れる星を目で追いかけながら、届けた願いはひとつ。

結局ほどなくして二人とも護衛兵に捕まり、別々に引き離され、少年は牢屋へ連れて行かれることになってしまった。

彼の名を教えてもらうことも、自分の名を彼に伝えることも出来なかったが、後に住まいに飾られた少年の肖像画を前に、フレーチカは誓った。


いつか、この人に逢いに行こう――と。


そして今では、その人の腕の中で眠っている。

「アルフォンス……？」

夫の腕を枕《まくら》にしてうたたねしていたフレーチカが、夢から醒める。

「うん。ここにいるよ、フレーチカ」

ずっと隣にいてくれたのだろう。アルフォンスは優しくそう言った。

フレーチカはおずおず尋ねる。

「もしかして、ずっと見てました？」

「何を？」

「……寝顔」

恥ずかしげな問いかけに、アルフォンスは柔和にほほえむ。

「うん。それはずっと見てた」

途端、フレーチカは頰《ほお》を赤らめる。

「……わたし、何か寝言とか言ってなかったですか？」

「別に」

「夫婦間の隠し事はなしですよ？」

「まあ、お肉がどうとか、オレンジがどうとか、言っていたような気もするけど」

「言ってるじゃないですか！　しかもわたし腹ペコみたいじゃないですか！」

顔を真っ赤にし、フレーチカは涙目で言った。

「ごめん。でも、おれのお嫁さんはこんなに可愛《かわい》いんだと思うと、なんかもうずっと見ていられるっていうか」

「……ま、まあ、素直にそう褒められると、照れちゃいますけど、えへへ」

「それに、ちょっと考え事してたから」

「それって、たとえば、わたしたちのこれから……とか……ですか？」

アルフォンスの腕に体を預けたまま、フレーチカは問うた。

今は眠りについているだけとはいえ、エイギュイユが常に彼女の心の奥底に存在していることに変わりはない。

将来についての不安など、考えれば考えるほどに湧《わ》き上がってくるだろう。

「これから？　まあ、これからと言えばこれからのことかも。大事なことなんだ」

「それは……」

不安が晴れないフレーチカ。

そんな妻の不安を知ってか知らずか、アルフォンスは言う。

「たとえば、子どもの名前とか」

「…………はい？」

予想外の返答にびっくりするフレーチカを尻目《しりめ》に、アルフォンスは真剣な顔で唸《うな》る。

「男の子だったらアルフレッド。これは誰《だれ》がなんと言おうと絶対譲らない。でも、女の子だったら何が良いかな……姉さんたちに決めてもらうのも癪《しゃく》だし……」

いつになく難しい顔をしていると思ったら、まさかそんなことで悩んでいるとは。

思わず笑ってしまうフレーチカ。

その笑顔に、もう不安の色はない。

彼女は悩む夫の頬に唇を近付け、小鳥のさえずりのようなキスをした。


「大好き♥」


――エイギュイユとの戦いから、早一週間。

アルフォンスとフレーチカは今も夫婦として仲睦まじく暮らしている。

もちろんファゴット家の屋敷に住んでいるので、シルファとベルファも相変わらず一緒だ。

二人とも弟が落ち着いたというのに未《いま》だに再婚する気配もない。

フレデリックやエイギュイユとの戦闘で全壊した大浴場は現在、露天風呂として改築作業が進められていた。

一日も早くファゴット家自慢の風呂《ふろ》とサウナが復活するよう、メイドたちや執事のシックスが日々尽力してくれている。

フレデリックは娘をアルフォンスに託し、王都へと戻った。

「でもなあ……」

別れ際のフレデリックを思い出し、アルフォンスは苦笑する。

『娘に嫌われたくないから結婚を認めただけだ。お前のことを認めたわけじゃない』

ノーダメージのくせに血涙は流せるのだから不思議なものである。

断腸の思いで娘をアルフォンスに預けたのだろう。

だが、預けられたのは事実だ。

父親としては娘を連れ帰りたかったはずだが、アルフォンスとフレーチカの夫婦関係に秘密が増えれば、それだけエイギュイユの復活するリスクが高まる。

ましてや離婚させてしまうと、『秘密の花園』の効果が消えて弱体化の封印が解け、フレーチカのアルフォンスに対する想いと関係なく即座にエイギュイユが甦る。

フレデリックとしても、それだけは何としても避けたいところだろう。

その一方で、フレーチカが正当な王家の血を継いでいた以上、アルフォンスとフレーチカの間に子どもが出来ればドラゴンブラッドが発現するのは間違いない。そうなればファゴット家が王族の外戚ということになってしまう。

前者は王国にとって必ず避けなければならない未来だが、後者もなるべく避けたい展開であることに変わりはなく、非常に頭の痛い問題だ。

他にも、フレーチカを王族として認めるにはエイギュイユにまつわる問題もある。ドラゴンブラッドを持たない王族がエイギュイユの転生体であり、他の王族を餌にしようとしていると王太子ブリジェスに知られては、彼は確実にこの問題を放置しておかないはずだ。

未だ解決の妙案はなく、それゆえフレデリックは事実を己の胸の内に留め、フレーチカが実の娘であることをこれまでどおり秘めたまま、アルフォンスを信頼してフレーチカを任せざるを得なかったのだそう。

様々な政治的要因が複雑に絡《から》み合《あ》っていて、もしかしたらアルフォンスとフレーチカの今の幸せは、ほんの束の間のものになってしまうかもしれない。

そう思うと、アルフォンスは一秒でも長く、フレーチカと同じ時間を過ごしておきたかった。

何より――最愛の伴侶との死別を経験した人が、身近にいたから。


『ねえ、ベルファ姉さん』

アルフォンスは一度、姉に訊いてみたことがある。

『自分の人生で最も大切な人を……その……――失う気持ちって、どれだけ辛《つら》いか、今は想像もつかないけれど、おれに耐えられるかな……？』

それは、エイギュイユとの戦いを終えてフレーチカを取り戻した、翌晩のことだ。

最愛の人を失わずに済んだという安堵《あんど》の気持ちも、翌日になってしまうと、入れ替わるように不安が押し寄せてきた。

だからアルフォンスは、普段は絶対にしないようにしていた問いかけを、ベルファへと投げかけたのだ。

彼は、ベルファが亡き夫を偲《しの》んで泣いている姿を、一度たりとも見たことがなかった。

『――夫のために流せる涙は、あいつが死んだ夜に全て使い尽くして、私の中にはもう一滴も残っていない』

遠い日の面影を追うように、ベルファは目を細めた。

『だが、哀しくないと言うと大嘘《うそ》つきになってしまうな。ずっといっしょに居たかったとは、今でも思うよ。だから、お前たちには末永く幸せでいて欲しい』

無神経と承知で自分から質問しておきながら、アルフォンスはベルファの言葉に気の利《き》いた台詞の一つも返せなかった。

『……ごめん。おれが、姉さんのために何か出来ることってあるかな……』

バツが悪そうに俯《うつむ》く弟へと、ベルファは微《かす》かに笑いかけ、その頭を撫でた。

『お前は私より先に逝くな。それだけでいい』

応《こた》えてくれたのは、アルフォンスの不安をベルファが受け止めたからだろう。

姉の言葉には、痛みを知らない弟にはまだ分かり得ない、寂《さび》しさと力強さがあった。

『――姉さん。フレーチカとの結婚を取り持ってくれて、ありがとう。そういえば、まだ一度もお礼を言ってなかった』

『私がお節介を焼かずともお前たちは結ばれていただろうさ。何せ、私の知らぬ間に出逢っていたくらいだからな』

そうしてようやく、花婿は仲人に感謝の言葉を伝えることが出来た。

あの夜のことを思い出しただけで、ついアルフォンスは妻の手を強く握ってしまう。

「だいじょうぶですよ」

夫の不安を見透かしたかのように、フレーチカがほほえむ。

「この先何が起きたとしても、二人でなんとかしましょう」

「そうだな。夫婦だもんな」

「ええ。……それに、そのときには三人になっているかもしれませんし」

フレーチカの大胆な言葉に、今度はアルフォンスの顔が真っ赤になる。

そして気づく。

――そうだ、将来の不安に打ちひしがれているよりも、かけがえのない今をフレーチカとともにイチャイチャすることのほうが遥かに大事なのだ、と。

難しいことは頭の隅に追いやって、この甘々な新婚生活を満喫すべきだと、そう心が叫んでいる。

ならば当然これから夫婦がすべきことはただひとつ――と内心アルフォンスが意気込んだ、ちょうどそのとき。

「やっほー！　アルくん、フレーチカちゃん！　露天風呂がひとまず使えるようになったから、久しぶりにお姉ちゃんたちと一緒にお風呂に入ろー！」

「アルフォンス、フレーチカ、水着を用意しろ。使えるようになったと言っても、まだ改築の途中だ。使用人たちの目もある。さすがに家族水入らずで裸の付き合いというわけにもいかんからな」

突然夫婦の寝室の扉が蹴《け》破られ、シルファとベルファが揃《そろ》って現れた。

二人はご丁寧なことにすでに水着姿で準備万端だ。

「姉さんたち！　せっかく良いムードだったのに邪魔しないでよ！」

せっかくの雰囲気をまたしても台無しにされ、アルフォンスが涙目で抗議する。

「もー、アルくんたら遠慮しちゃってー」

「そうだぞ。折角の一番風呂を弟に譲ってやろうというのに」

しかし姉たちはまったく気にした様子もなく、二人がかりで弟の両腕を羽交い絞めにして、風呂場へと連行していく。

「待ってくださーい、わたしも行きます！」

嫁に来た当初は縮こまっていたフレーチカだったが、彼女ももう立派に、この騒がしくも賑やかなファゴット家の一員だ。

シルファとベルファに連れ去られたアルフォンスに続き、フレーチカもその後を追って部屋を出て行く。

扉が閉まる寸前、廊下の明かりに照らされ部屋の床と壁に一瞬広がったフレーチカの影は、どこか呆《あき》れたように大きく肩をすくめていた。

あとがき

ごきげんよう。あずみ朔也です。

受賞した嬉しさ、本作を世に出す嬉しさを語り始めるとページ数が跳《は》ね上がってしまうので、きょうはいかにして本作が生まれたか語りたいと思います。

私、カップリングが好きなんですよね。複数の女の子からモテモテになる主人公も当然好きですが、この男の子とあの女の子は運命の相手！　というのが本当に好きで。

なのでいわゆる単独ヒロインの純愛モノを、ファンタジーでやりたいなと思いまして。

今回の受賞作のスタート地点はそこでした。

そうなると「あれ？　ならサブヒロインもいないの？　女の子キャラ少なくない？」という問題が浮上《ふじょう》してきたので、じゃあお姉ちゃんキャラで作品の華を増やしちゃうぞと。

なんなら二人くらい出しちゃうぞと。

欲張りました。でもお姉ちゃんは何人いてもいいんです。

こうして女の子が増えて華やかになったので、今度はイケてるオジサンを出して作品を渋くしたくなりました。渋いオジサンも何人いてもいいんです。

編集部の皆様とお話しする機会があり「サウナシーン良かったですよ！」と高評価を頂いた

のですが、「女の子たちのサウナですか？　エッチかよ？」と訊《たず》ねたところ「オジサンたちのです」との返答がありました。うわあ、そっちかあ。

　他にもヒロインの秘密やお姉ちゃんズの個性など、編集部の方々から褒めていただけたところはたくさんあるのですが、詳しく語るとネタバレになってしまうのでここでは触れないことにします。とにかくまずは本編を読んでください。読んでもらえると嬉しいです。


　それでは謝辞です。

　いつもお世話になっております担当編集様、本作を素晴らしいイラストで飾ってくださったへいろー様、ＧＡ文庫編集部の皆様に、本書の出版に関わってくださった全ての皆様。そしてなにより、本書を手に取ってくださった読者の皆様。本当にありがとうございます！

　あと、私事で恐縮ですが、本作の推敲《すいこう》と校正にあたり多大な尽力を発揮したＢＧＭとして、サイバーパンク：エッジランナーズ挿入歌『I Really Want to Stay At Your House』にも感謝を捧げたいと思います。今も聴いています。

　次巻にてアルフォンスたちとまたども読者の皆様に再会できることを願いつつ、今回のところはこれにて筆を置かせていただきます。またお会いしましょう。

あずみ朔也

外伝 シルファとベルファの最速伝説

守護竜エイギュイユを崇める王国には、王立学園《おうりつがくえん》が存在している。

嫡子《ちゃくし》を除いた貴族の令息令嬢が通う学園で、その設立目的は主に、同年代の少年少女の出会いの機会を増やすため。要は婚活の場である。

嫡子は大抵、幼い頃から婚約者《こんやくしゃ》が決まっており、通う必要はない。ファゴット家の嫡男《ちゃくなん》であるアルフォンスも王立学園とは無縁だった。

だが、彼の姉であるシルファとベルファは違う。

彼女らは幼少期から極度のブラコンをこじらせていたため、将来を不安視した両親によって、弟離れを兼ねて王立学園に入学させられたことがあった。

アルフォンスとフレーチカが結婚する、四年前の話。

シルファとベルファ、ともに花も恥じらう十五歳だった頃の話だ。

「もうやだー！　アルくんいないのやだー！　お姉ちゃんもうおうち帰るぅー！」

入学当日にはもう、長女シルファは泣き叫んでいた。

溺愛する弟と引き離された彼女は、王立学園の寄宿舎《きしゅくしゃ》での暮らしを命じられたことで、入学式が終わって日が暮れた後も、ずっと自室に引きこもったままガン泣きし続けていたのだ。

「いい加減に泣き止めシルファ、制服が可愛《かわい》いから気に入ったと言っていたではないか」

姉妹で同じ部屋が宛《あて》がわれた次女ベルファが呆れ顔を姉へと向けた。

「だってアルくんもいっしょに学園に通うと思い込んでたんだもん！　アルくんがいないならどんな可愛い格好してても無意味だもん！」

「それに関しては私も大いに不満ではある」

「田舎を離れて王都で暮らせるよって言葉に騙された！」

「我々からアルフォンスを取り上げる策略《さくりゃく》だったのだ」

「お父様もお母様も酷い！　国の端っこにでも追放されちゃえ！」

「まったくだ」

両親の策謀で弟との幸せな生活を引き裂かれた姉妹は、互いに現状を不服《ふふく》に思っている様子であった。

だが、この頃のシルファとベルファは当然だが未婚である。つまりはまだホーリーギフトが芽生える以前の話で、無力な貴族令嬢でしかない。

「一応、等身大サイズのアルフォンスの肖像画は持参しておいたが」

「アルくん可愛い♥」

二人は早速、自室の中央にでかでかと弟の肖像画を飾ったが、いくら可愛かろうと絵は絵。姉たちに話しかけてはくれない。

「あーん、可愛いけどやっぱりやだー！　本物じゃないとやだー！」

「私と離れ離れになって、きっとアルフォンスも今頃寂しくて泣いてしまっているに違いない。可哀想な我が弟め、叶うなら今すぐ駆け寄ってよしよしと慰めてやりたいぞ」

「は？　アルくんは今お姉ちゃんと離れ離れになってるのが悲しくて泣いてるんだけど？」

「戯言《たわごと》を。お前との別れの悲しみを十としたら、私との別れの悲しみは万を超えている。お前はオマケだ。アルフォンスが流している滂沱《ぼうだ》の涙の一粒でしかないだろう」

肖像画を挟んで険悪な睨み合いを開始するシルファとベルファ。

この頃の二人は姉妹間で互いに対抗意識を剝き出しにして衝突《しょうとつ》することが多かった。特に、弟の取り合いが原因で。

もっとも、当のアルフォンスはこのとき、過保護な姉たちから解放された喜びを嚙み締め、遠いファゴット領の地で平穏を満喫していたのだが。

「そうだ！　お姉ちゃんいいこと思いついた！」

と、睨み合いの最中、シルファは突然顔を輝かせてそう言った。

怪訝《けげん》な顔のベルファを尻目に、実家から持参した荷物を漁り始めるシルファ。

「何をするつもりだシルファ？」

「――ベルファ。姉妹のよしみで忠告しておくね。今夜はもう、一口も水を飲んじゃダメだからね」

不穏にそう言い残し、シルファは荷物を抱えたまま部屋から出て行ってしまった。

残されたベルファは、わけがわからず首を傾げるばかり。

シルファがその晩に何を仕出かしたのか判明するのは、翌朝のこと。

「ベルファ、じゃあねー！　お姉ちゃんがいなくても元気でねー？」

早朝即刻シルファは寄宿舎を追い出され、馬車に飛び乗りファゴット領へと帰った。

理由は簡単。なんと退学処分になったのである。

昨晩シルファは、ファゴット領に自生している毒草《どくそう》を、あろうことか寄宿舎の飲み水に用いられている水源に放り込んだのだ。

毒草と言っても、丸一日ほど笑いが止まらなくなるだけで人体に強い害があるわけではない。が、それでも毒は毒。おかげで寄宿舎は一晩中大混乱し、犯人探しにまで発展した。

シルファはこれに対し、ハーブと間違えて持って来てしまった毒草をこれまた間違えて水源に混入してしまったと涙ながらに語り、故意ではないことを強くアピールしたのだが、さすがに大事になり過ぎたので退学は避けられなかった。

もちろん完全に故意だったし全ては退学処分を受けるための策略だったのだが、まだこの頃はベルファ以外の誰もシルファが毒婦《どくふ》であると知らなかったので、真意はバレなかった。

これが後に学園で語られる、シルファ・ファゴット最速退学伝説である。

「アルくんのことは心配しなくていいからねー！」

こうした経緯でシルファは王都を離れ、故郷に戻ることとなった。

彼女は走り去る馬車の窓から勝ち誇った顔を覗かせハンカチを大きく振りながら、満面の笑みとともにベルファに別れを告げたのだった。

「やられた！」

まんまと出し抜かれたベルファは、今も笑い声の絶える気配のない寄宿舎へと戻り、自室で一人、頭を抱えた。

「私がいない間にシルファがアルフォンスを独り占めすると考えただけで、全身が憤怒《ふんど》と嫉妬に狂いそうだ！　くそうシルファめ、私抜きで弟と二人きりで甘い生活を送ろうなど、絶対に許されることではない！」

アルフォンスの肖像画を前にベルファは焦燥《しょうそう》を募らせる。

しかし、シルファと違って根が常識人のベルファには、ファゴット家の家名を脅かすほどの不祥事をワザと起こすという手段は選べなかった。打開策が思いつかないまま登校時間が迫り、ベルファは仕方なく、制服に着替え始める。

と、そんな中。不意に、部屋の扉をノックする音が聞こえてきた。

「入れ！」

着替えの途中で下着姿だというのに、お構いなしにベルファは言った。

シルファに弟を奪われる危機感で頭がいっぱいで、今の自分がほぼ裸身《らしん》に近いことすら忘れ、苛立ち紛れについ反射的にそう応じてしまったのだ。

入れと言われたからには、ノックの主が入室を躊躇《ちゅうちょ》する理由はない。

部屋を訪れたのは、毒混入事件の調査を任された、学園の生徒会長を担う青年だった。

彼はシルファを退学処分から救えなかったことを心底申し訳なく思っており、彼女がわざと自ら退学になるよう暗躍《あんやく》していたなどとは露知らず、寄宿舎に双子の妹が残っていると聞いて頭を下げに来ていた。

当然、部屋の扉を開けた途端に視界に飛び込んできたベルファの下着姿に、上級生と思しき男子生徒は、その場で顔を真っ赤にして硬直してしまう。

「……すまん。これは私が悪い」

晒していた肌を慌てて隠しつつ、ベルファは素直に自分の非礼を詫びた。

が、青年の顔を見て、天啓《てんけい》のように妙案が閃いた。何せ相手は、ベルファが顔を知っているほどの有名人。

誰あろう王国の第六王子だったのだから。

「いや違う！　私は悪くないな！　部屋に押し入って乙女の柔肌《やわはだ》を覗いたお前が悪い！　これはもう互いの退学を賭けて決闘するしかないな！　よし決闘しろ！」

ベルファァはすぐさま謝罪を撤回し、あろうことか下着姿のまま第六王子へと詰め寄った。

王族と揉め事を起こせば自分も退学になれると踏んだのだ。

「この決闘に負けて、私も退学になる！」

こうしてベルファァは、その日執り行われた第六王子との決闘にきっちりと負け、愛しの弟の待つ故郷へと帰って行った。

これも後に学園で語られる、ベルファァ・ファゴット最速退学伝説である。

美少女姉妹が揃って入学直後に退学になったことで、噂が噂を呼び、内容に尾ひれが足され、最終的には「あまりの美少女ぶりに求婚者が続出することを恐れた領主が、すぐに実家に呼び戻させた」という話に落ち着き、逆に求婚の申し出を増やす結果となってしまった。

――後日。

第六王子から謝罪の手紙がベルファァのもとに届き、それが縁で二人は文通を始めるのだが、それはまた別の話。

ファンレター、作品の
ご感想をお待ちしています

〈あて先〉

〒106－0032
東京都港区六本木2－4－5
SBクリエイティブ(株)
GA文庫編集部 気付

「あずみ朔也先生」係
「へいろー先生」係

本書に関するご意見・ご感想は
右のQRコードよりお寄せください。

※アクセスの際や登録時に発生する通信費等はご負担ください。

https://ga.sbcr.jp/

新婚貴族、純愛で最強です

発　行　　2023年1月31日　初版第一刷発行

著　者　　あずみ朔也
発行人　　小川　淳

発行所　　SBクリエイティブ株式会社
〒106−0032
東京都港区六本木2−4−5
電話　03−5549−1201
03−5549−1167（編集）

装　丁　　AFTERGLOW

印刷・製本　中央精版印刷株式会社

ISBN978-4-8156-1868-1
Printed in Japan　GA文庫

第16回 GA文庫大賞
GA文庫では10代～20代のライトノベル読者に向けた
魅力溢れるエンターテインメント作品を募集します！
物語が、華ひらく。
イラスト／風花風花
大賞賞金300万円＋コミカライズ確約！
◆募集内容◆
広義のエンターテインメント小説（ファンタジー、ラブコメ、学園など）で、日本語で書かれた未発表のオリジナル作品を募集します。希望者全員に評価シートを送付します。
※入賞作は当社にて刊行いたします　詳しくは募集要項をご確認下さい
リニューアルで選考課程を一新!!!
応募の詳細はGA文庫公式ホームページにて
https://ga.sbcr.jp/

「ここでお前を排除する！」
アルフォンスとフレデリックの
叫びが唱和した。

Contents

Shinkon kizoku
junai de saikyou desu

あずみ朔也
[illust] へいろー
新婚貴族、
Shinkon kizoku
junai de saikyou desu
純愛で最強です

Character

アルフォンス・ファゴット

没落貴族ファゴット家の長男。
婚約破棄されて落ち込んでいた所、
フレーチカに一目惚れしプロポーズする。
ホーリーギフトは「愛の力」

フレーチカ・ファゴット

ファゴット家に嫁いだ花嫁。
可憐で気品ある美しい少女だが謎が多い。
意外と健啖家である。
ホーリーギフトは「秘密の花園」

シルファ・ファゴット

ファゴット家の長女で双子の姉。
三度の結婚と離婚を繰り返し、強大な力を得た。
ホーリーギフトは「略奪」

ベルファ・ファゴット

ファゴット家の次女で双子の妹。
第六王子と結婚し、後に未亡人となった。
ホーリーギフトは「死がふたりを別つとも」

フレデリック・エイギュイユ

フレーチカを狙って、
ファゴット家に乗り込んできた男。
ホーリーギフトは「ノーダメージ」

シックス

王国王太子の私兵だったが、
ファゴット家の執事となる。
最強になったアルフォンスに忠誠を誓う。

フレーチカは自分の左手へと小さく目を落とし、
そこに輝くホワイトゴールドの輝きに、ただただ瞳を細める。
晴れてアルフォンスとフレーチカの二人は夫婦となったのだ。

「だから今!」